KB176638

거센 풍랑 헤쳐 온
작은 조각배

가온미디어

거센 풍랑 헤쳐 온
작은 조각배

곽종세 지음

"꽃씨 뿌리는 마음"

대부분 사람들의 고향은 하나입니다. 그러나 나에겐 고향이 3개나 있습니다. 태어난 북한 땅이 제 1 고향이고, 6.25 전쟁 때 월남해서 자라고 성장한 한국이 제 2 고향, 그리고 이민을 해서 현재 50년째 살고 있는 미국 시애틀이 제 3 고향입니다.

북한과 한국은 타의에 의해 떠난 고향이기에 언제나 잊지 않고 마음속 깊은 곳에 간직하고 있습니다. 특히 태어난 고향 북한 함흥에는 50년 동안이나 헤어졌던 어머니와 가족들이 남아 있어 꿈에라도 다시 만나길 기도했습니다.

어려운 노력 끝에 4차례 북한을 방문했고 사랑하는 어머니도 2번이나 만나볼 수 있어서 그 소원도 이루었습니다.

올해로 만 82세가 되었습니다. 뒤돌아보면 나의 삶은 북한과 한국 그리고 미국 이민생활로 이어졌습니다. 마치 거센 풍랑 속에 '일엽편주' 조그만 조각배가 되어 떠내려 왔습니다.

그러나 그냥 힘없이 떠내려 온 작은 조각배가 아니라 큰 시련과 위험의 거센 파도를 헤치고, 이겨내고 여기까지 오게 된 것에 감사가 넘칩니다.

인생길 80대에 접어든 요즈음, 50대에 들어선 두 딸들이 아빠의 뒤안길을 돌아보면서 흔적을 남겨달라고 부탁합니다.

해방과 6.25전쟁을 겪고 이산가족이 되어 나보다 더 피맺힌 사연을 가졌지만 고난을 이겨낸 훌륭한 분들을 많이 만나 보았기에 나의 이야기는 필요 없다고 생각했습니다.

곽종세

  그러나 달리 생각해 보니 각기 다른 사연들이 있고 특히 나에겐 다른 사람들이 겪지 못한 경험들이 있기에 두 딸들뿐만 아니라 다른 사람들에게도 알리고 함께 나누면 좋겠다고 생각되었습니다.

  북한에서 어린 10살 때 보위부에 끌려가 끔찍한 전기 고문을 당했고 한국에서는 중앙정보부에 끌려가 기억도 상실된 취조를 당했습니다. 언어와 문화 충격이 큰 미국 이민생활에서도 많은 어려움을 겪기도 했지만 나름대로 주님을 의지하며 열심히 살아왔습니다.

  특히 시애틀 초기 이민자로서 50년 동안 많은 단체에 참여하고 지켜보았기에 시애틀 한인 이민사의 산 증인으로서 기록할 가치는 있다고 믿습니다.

  어려운 이민생활에서도 "꽃씨 뿌리는 마음"으로 한인사회를 위해 한인회, 생활상담소, 체육회, 한국학교 등에 봉사하고 한인 정치력 신장에도 함께 힘썼습니다.

  이제 세월이 흘러 1세뿐만 아니라 2세들 가운데에서도 자랑스러운 정치인들이 배출되고 미국 각계각층에서 전문인으로서 두각을 나타내고 있는 것을 볼 때, 또 한인회와 생활 상담소를 통해 어려운 한인들을 돕고 한국학교를 통해 3세들이 한국의 뿌리 교육을 배우며 자라나고 있어 큰 보람을 느끼고 있습니다.

  한국에서도 대학 강사 시절의 제자들이 이제 훌륭한 인재들이 되어 사회의 큰 몫을 담당하고 있는 것을 볼 때도 한국과 미국에서 내가 뿌린 작은 꽃씨들이 아름답게 피고 결실을 맺는 것을 보고 기뻐합니다.

80년 이상 원하지 않았던 거센 풍랑으로 인해 북한, 한국, 미국으로 떠내려온 작은 조각배였지만 그 속에 꿈과 희망과 용기의 꽃씨들을 가득 싣고 가져왔기 때문입니다.

 마지막 소원은, 4차례의 북한 방문 때마다 거칠고 메마른 땅에 뿌렸던 작은 꽃씨들이 언젠가 꼭 탐스럽게 피어나 평화 통일의 꽃을 피우고 결실을 맺기를 바라는 것입니다.

 이 책에도 뿌리고 싶은 많은 꽃씨들이 담겨 있습니다. 부디 많은 분들이 책을 통해 꿈과 희망과 용기의 꽃씨들을 발견하고 함께 북한, 한국, 미국 등 많은 곳에 뿌려 평화로운 세상과 아름다운 세상을 만들기를 기원합니다.

 특히 현재 러시아 침공으로 인한 우크라이나 전쟁 사태를 보면서 죄 없는 사람들이 죽어가고 부상당하며 피난길에 오르고 있는 것을 볼 때 마치 내가 겪은 6.25 전쟁의 비극과 고난의 피난길을 보는 것 같아 마음 아픕니다. 우크라이나에도 다시 평화가 하루속히 찾아 올 수 있는 꽃씨들을 뿌립니다.

 지나온 삶을 뒤돌아보니 나를 사랑해주고 격려해주고 도와준 먼저 떠난 사랑하는 아내, 자랑스러운 두 딸뿐만 아니라 지금도 우정을 나누고 있는 친구들을 비롯해 미국, 한국, 북한에서 조차 주위에 많은 분들이 도와주셔서 다시 감사드립니다.

 그분들 덕분에 어머니를 만나는 꿈을 이루고 어려운 이민생활에서도 지금까지 왔다고 믿습니다. 한국을 떠나 미국에 올 때 삶의 귀한 지침이 되라며 "꽃씨 뿌리는 마음"을 써준 유명한 서예가 '초정' 권창륜, 우석대학과 고려대 강사로 인도하고 선배 교수로서 아껴주고 도와 준 고려대학교 사범대학 교육학과 교수 차석기 박사, 이민 초기에 나와 3 의형제를 맺을 정도로 친했던 신호범 전 워싱턴주 상원의원, 조요한 전 워싱턴주 체육회장, 그리고 이민생활 50년의 친구이면서도 존경하는 이익환, 변종혜, 엄도승 박사 등 너무나 고마운 분들이 많습니다.

나는 20년 전에 큰 교통사고를 당해 후유증으로 많은 기억력을 잃어버렸습니다. 그러나 이번에 책 발간을 위해 수차례 인터뷰 하면서 기억들을 다시 살아나게 하고 눈물을 통해 다시 치유되고 회복시켜 준 시애틀 이동근 장로에게도 감사드립니다.

비록 한 개인이 거대한 역사 속에 걸어온 작은 삶의 기록이지만 누군가 이 책속에서 꿈과 희망과 용기의 꽃씨들을 발견하고 주위에 함께 뿌려준다면 더 이상 바랄 것이 없을 것입니다.

감사합니다.

2022년 4월, 시애틀에서

"한민족과 한인 이민사의
귀한 역사자료"

곽종세 전 시애틀 한인회장님의 자서전 출간을 진심으로 축하합니다. 곽 회장님의 자서전은 한 개인의 삶을 돌아보는 책을 넘어 우리 한민족과 한인 이민사의 귀한 역사 자료가 될 것으로 확신합니다.

곽 회장님은 남북 분단과 산업화, 민주화, 미국 이민 등 한국 현대사와 궤를 같이 한 '한국 현대사의 산증인'이라고 감히 말할 수 있습니다.

시애틀로 이민을 오셔서도 50년이라는 반세기 동안 한인들을 위한 봉사와 헌신을 해오셨습니다. 시애틀 한인회장, 워싱턴주 대한체육회장, 한인생활상담소 이사장은 물론이고 한인 2세 교육을 위해 시애틀·벨뷰 통합한국학교 이사를 지내셨고, 힘없고 가난한 한인들을 돕기 위해 현재도 한국일보 불우이웃돕기 캠페인인 'Korean Emergency Fund' 이사를 하고 계십니다.

이민의 삶을 살면서도 한인들의 권익을 위해 발로 뛰셨고, 약자를 대변하는 데도 주저하지 않으셨습니다.

저도 곽 회장님처럼 이민 생활이 50년이고 시애틀 한인회장, 워싱턴주 한인상공회의소 회장, 워싱턴주 한인여성부동산협회 회장, 한미연합회(KAC) 이사장, 워싱턴주 한인의 날 축제재단 이사장, 평통 시애틀 협의회장 등 여러 분야에서 봉사해오면서 오랫동안 한인사회를 위해 헌신하신 곽 회장님의 수고를 누구보다 잘 알고 있다고 할 수 있습니다.

곽 회장님은 여든이 넘은 나이에도 현재에도 열정을 가지고 봉사를 이어가고 계십니다. 이같은 모습은 저를 포함해 많은 한인 후배들에게도 모범적인 한인

이수잔 시애틀한인회 이사장(제 46대 시애틀 한인회장)

봉사자이자 지도자의 본보기가 되고 있습니다.

곽 회장님은 동포사회 봉사를 하면서도 모범적인 가장으로서의 본보기를 보여주신 인물입니다. 사모님이 오랫동안 편찮으셨는데 휠체어에 태우고 한인사회 행사에 참여하는 것은 물론 사모님의 손과 발을 대신하여 보살피며 간호하시는 모습은 많은 감동을 줬습니다.

이번에 자서전 출간 소식을 접하면서 늘 인자하고 다정했던 곽 회장님이 누구도 상상할 수 없는 고난과 역경을 극복하고 이 자리까지 왔다는 사실도 알게 됐습니다.

고향인 북한에서 어린 나이인 10살 때 전기고문을 당하셨을뿐 아니라 끔찍한 함흥 학살 현장도 목격했다고 들었습니다. 6·25한국 전쟁 때 남하해 힘든 가운데 학업을 했지만 민주화 운동 등에 연루돼 중앙정보부에 끌려가 트라우마가 생겼을 정도로 많은 시련을 겪었습니다. 미국에서도 수년 전 교통사고를 당해 말을 못하고 글도 못 읽을 정도로 심한 후유증을 앓았다는 것도 알게 되었습니다.

6·25 전쟁으로 가족이 흩어지면서 북한에 살고 있는 어머니와 가족을 만나기 위해 4차례 북한을 방문하고 50년 만에 어머니를 만난 것은 한민족의 비극이고 이산가족의 아픔입니다.

곽 회장님이 겪었던 이산의 아픔이 한반도 평화통일로 하루 빨리 치유되길 기원합니다.저도 한반도 평화통일 위해 나름대로 힘을 보태고 있습니다. 평통 시애틀협의회 16기, 17기 회장을 지낼 당시 UW, Pierce College 대학생을 대상으로 북한인권포럼을 개최해 한인 2세는 물론 주류사회에 한반도 평화통일의 필요성, 중요성을 알리는 일에 힘썼습니다.

평통 회장 당시 3·1절이 있는 3월 첫째 주 일요일을 '조국평화통일 염원주일'로 정해 워싱턴주 4개 교회연합회, 4개 목사협의회 협력으로 워싱턴주 150여 한인교회 목사님과 신부님께 일일이 편지를 보내 통일 염원을 위한 여론 형성에 힘을 쓰기도 했습니다.

저와 같은 통일의 노력들이 결실을 맺어 곽 회장님과 같은 이산가족들의 슬픔이 조금이나마 치유되길 소망합니다.

곽 회장님이 이처럼 자서전을 발간한 것은 한인 이민역사에서도 큰 의미가 있을 것으로 기대하고 있습니다.

내년이면 미주 이민 120년이 될 정도로 한인 이민역사가 깊어졌습니다. 이런 가운데 한인 1세들이 고령화돼 이제는 세상을 떠나가면서 귀한 역사와 자료들이 사라져 가고 있는 것은 참으로 안타까운 일입니다.

이런 가운데 곽회장님의 자서전은 개인의 역사이기도 하지만 우리 이민의 역사이기도 합니다. 많은 한인 1세들이 자서전 등의 형태로 역사와 자료를 남기는 도화선이 될 것으로 기대합니다.

앞으로 이 같은 이민 역사 자료들을 볼 수 있는 한인 이민역사박물관을 건립해 워싱턴주는 물론 서북미 한인 동포사회의 귀한 역사 자료들을 수집하고 보관하는 작업들이 이뤄지면 좋겠습니다.

미국에 한인이 첫발을 내딛은 것은 1903년 1월 13일 입니다.

2023년 1월 13일 이민역사 120 주년을 맞이하여 '서북미 한인 동포사회 발전과 도전 '이란 책을 출판하고자 합니다. 많은 분들께서 관심을 가지고 자료수집에 도움을 주시기를 당부드립니다.

미주 한인 이민 120년을 앞두고 출간되는 곽 회장님의 자서전이 우리 한인 이민 역사의 귀중한 한 페이지가 될 것을 믿어 의심치 않으며 곽종세 회장님과 가정에 하나님의 크신 축복과 건강이 함께 하시길 기원합니다.

"격량기를 온 몸으로 부딪쳐
살아낸 역사의 산 증인"

곽종세 전 한인회장의 자서전 출간을 앞두고 부족한 본인에게 서문을 써 달라는 부탁을 받고 한편 영광스러우면서도 다른 한편으로는 어떻게 짧은 글로 그의 살아온 궤적을 다 담을 수 있을지 몇 날을 고민했다.

함경남도 함흥이 고향인 그는 실향민이다. 남한에서 나고 자란 대부분의 사람들은 김일성 치하의 북한에서 10살까지 인민학교(초등학교)를 다니다 한국전 당시 부친과 월남하여 청소년기를 피난민으로 보낸 그의 개인사가 경이롭기도 하다.

또한, 가정사로 인해 16살부터 고학으로 고등학교와 대학을 마치는 등 한국사의 격량기를 온 몸으로 부딪쳐 살아낸 역사의 산 증인이기도 하다. 대학 졸업 후에는 우석대학과 고려대학에서 교편을 잡기도 하면서 4.19 혁명 등 초기 민주화 운동을 근거리에서 지켜본 한국근대비사의 극소수의 증인이기도 하다.

"역사가 우리를 망쳤다."는 '파친코'를 쓴 이민진 작가의 글처럼 한국의 근대사가 몰고 온 쓰나미는 그의 삶을 북한에서 남한으로 다시 미국으로 밀어 보냈다.

이민 49년차인 그는 1973년 미국 시애틀에 정착한 뒤로는 그의 삶은 온전히 가족을 위해 헌신한 삶이라고 소략할 수 있으나, 그렇다고 그것만으로 그를 말할 수는 없다.

이민 초기부터 공무원으로 또 사업가로서의 수완과 성실함으로 상당한 재정적 성공도 이루었고, 늘 조용하고 점잖은 성품 임에도 커뮤니티의 대소사에 솔선수범하여 봉사하며 커뮤니티의 문화행사 때마다 말없이 후원하는 "오른손이 하는 일을 왼손이 모르게…" 친절한 숨은 손을 실천하였다.

그는 종교인으로 문화인으로 체육인으로 커뮤니티 리더로 종행무진 하였으나 행보는 언제나 소리 없는 그림자 리더십의 진가를 발휘했다. 그리하여, 시애

홍윤선(전 시애틀 한인회장)

틀 위싱턴주한인회 회장, 워싱턴주체육회 회장, 한인생활상담소 이사장을 역임
했으며 커뮤니티의 일이라면 언제나 주저없이 솔선해서 참여하고 후원하였다.

무엇보다 주위사람들을 감동시킨 것은 부인 임인숙 여사의 9년 이상의 치매
투병생활동안 보여준 헌신이다. 의사의 조언에 따라 가까운 지인들과 함께 20
여 개국을 여행하며 아내의 정신활동을 활성 시키기 위해 헌신했고, 생각이 짧
은 사람들의 비수 같은 코멘트도 감내하며 어디를 가나 아내를 동반하였다.

훌륭하게 장성한 두 딸에게 자랄 때부터 장년이 된 지금까지 한결같은 사랑
과 응원으로 지원했으며, 아버지이자 어머니의 역할까지 기꺼이 담당했다. 또
한, 극진한 사랑으로 시간과 정성을 들여 손자를 돌보는 그를 보며, 한국은 물
론 서양 남자들에게서도 매우 보기드믄 헌신적인 남편, 아버지이자 할아버지상
의 표본임을 매번 느낀다. 그에겐 "헌신"이라는 단어가 체질화 된 듯 잰 걸음걸
이와 조용한 말소리가 습관이 되어있다.

책을 손에서 놓지 않는 문화인이자 한인2세들의 주류사회 진출을 아낌없이
지원하는 독지가이며, 커뮤니티의 대소사에 늘 앞장서는 봉사자이며, 온전히
자신의 힘으로 자수성가의 삶을 살아온 그의 진솔하고 성실하고 다난하면서도
성공적인 그의 삶을 한권의 자서전에 다 담을 수 없겠으나, 그의 기억과 경험,
그리고 그의 삶을 이끌어 온 철학과 생각들이 기록으로 남게 될 것을 생각하면
가슴이 뛴다.

동료 한인이민자로서, 후배로서, 그가 살아온 한 인간으로서의 족적을 이 자
서전을 통해 더 자세히 살펴 볼 기회를 갖게 한 그의 행동력에 무한한 경의를
표하며 부족한 글로나마 축하의 말을 전한다.

"한인 이민사에서 기념비적인 귀한 책"

곽종세 전 시애틀 한인회장님의 자서전 출간을 축하합니다. 곽종세 전 한인회
장님은 제가 이민 온 73년부터 50여 년 동안이나 잘 알고 있는 분입니다.

저는 시애틀에 한인들이 거의 없었던 초기 이민 시절 73년 4월에 시애틀에
왔습니다. 시애틀 45가 월링턴 아파트에 살고 있었을 때 어느 날 건너편 아파
트에 한국 사람과 비슷한 사람이 살고 있는 것을 보고 반가웠는데 바로 곽종세
씨 이었습니다.

알고 보니 저보다 불과 한 달 전인 3월에 시애틀에 왔다고 했습니다. 당시 초
창기 이민 시절에는 교회가 하나밖에 없던 때라 자연히 한인사회 사랑방 같은
교회에서 함께 만나게 되었고 그 후부터 50년이 되는 지금까지도 가까운 친구
로서 우정을 나누고 있고 누구보다도 그를 잘 알고 있다고 생각합니다.

특히 곽종세씨는 지난 50년 동안 한인사회를 위해 참 많은 일들을 해왔습니
다. 시애틀 한인회장을 비롯해 워싱턴주 체육회장, 한인생활상담소 이사장, 시
애틀 벨뷰 통합 한국학교 이사 등으로 열심히 봉사했고 신호범, 신디 류 등 한
인 정치력 신장에도 노력해 중앙일보, 중국 신문 사회 봉사상을 수상하는 등 한
인사회 발전에 크게 이바지 한 모범적인 분이었다고 믿습니다.

더욱 놀라운 것은 이제 80이 넘은 저의 세대들은 거의 은퇴해 뒷방 늙은이로
남아있는데 그는 지금까지도 계속해 한인사회를 위해 굉장히 바쁘게 일하고 있
는 것입니다.

그것은 자신의 이익을 위해서가 아니라 한인사회 발전과 우리 후손들이 미주류
사회에서 뿌리를 잘 내리도록 하기 위한 사명감이 있기 때문이라고 생각합니다.

변종혜 장로

　이와 함께 곽종세 전 한인회장님은 아내를 너무 사랑하신 분입니다. 제가 50년을 지켜봤는데 아주 금슬이 좋으신 부부였습니다. 특히 부인이 알츠하이머병을 앓았을 때 일반인 같으면 집에만 계시게 하셨겠지만 부인을 휠체어에 앉히시고 한인사회 여러 행사에 함께 참여하셨던 것은 정말 굉장히 인상적인 아름다운 모습이었습니다.

　이처럼 50년을 함께했기 때문에 곽 전 회장님을 잘 안다고 생각했습니다. 그러나 이번에 곽 전회장님의 자서전을 읽어보니 제가 모르는 것들이 많았습니다. 특히 북한에서 어린 10살 때 고문을 당하고 한국에서도 중앙정보부에 취조를 당하고 피신하다시피 미국으로 온 이야기. 50년만에 북한에 남겨둔 어머니를 만나기 위해 4번이나 북한을 다녀온 이야기 등은 정말 놀랍고도 감동적이었습니다.

　그러한 어려움들을 극복하시고 이제 미국 이민생활에서도 훌륭한 본이 되신 곽종세 전 한인회장님의 삶을 담은 자서전은 우리 한인 이민사에서도 기념비적인 귀한 책이 되고 현재도 고통 받고 있는 많은 이산가족들에게도 소망과 용기를 줄 수 있다고 봅니다.

　다시 한번 곽종세 전 시애틀 한인회장님의 자서전 발간을 축하드립니다.

차례

가치있는
삶의 아름다운 날들

"지나온 삶을 뒤돌아보니 나를 사랑해
주고 격려해주고 도와준 먼저 떠난 사
랑하는 아내, 자랑스러운 두 딸뿐만 아
니라 지금도 우정을 나누고 있는 친구
들을 비롯해 미국, 한국, 북한에서 조차
주위에 많은 분들이 도와주셔서 다시
감사드립니다.
그분들 덕분에 어머니를 만나는 꿈을
이루고 어려운 이민생활에서도 지금까
지 왔다고 믿습니다."

1 지나온 삶의 소중한 날들

중앙일보 사회봉사상 시상식 때. 휠체어에서 간신히 일어난 아내가 앞에 나와 부축을 받으면서도 함께 축하해주고 있다

▲ 신호범(왼쪽 4번째) 박사가 선거에서 당선된 순간 나도 함께 기뻐하고 있다. 왼쪽 5번째 곽종세

▼ 김현욱 국회의원(오른쪽 7번째)이 시애틀을 방문 했을 때. 오른쪽 5번째가 곽종세

▲ 생활상담소 임원들. 앞줄 왼쪽 김주미 소장, 이수잔 이사. 뒷줄 왼쪽 곽종세 전 이사장, 곽정용 이사, 윤부원 전 이사장, 김길수 이사장

▼세리 송(앞줄 왼쪽 4번째) 선거 후원의 밤. 뒷줄 맨 왼쪽 곽종세

황선규 목사 장례식 때 만난 황목사 조카 앤디 황 페더럴웨이 경찰국장과 조카사위
찰스허만 변호사

윤승자 (앞줄오른쪽 5번째) 전 생활 상담소장의 사위인 로드 뎀바우스키 킹카운티 의원 후원행사.
뒷줄 오른쪽 3번째 곽종세

신디류 워싱턴주 하원 선거 후원 행사. 뒷줄 왼쪽 5번째 곽종세

한국 정부 포상 전수식에서 함께 수상한 김현길 부부와 윤부원 부부(오른쪽)

서울에서 열린 민주평통 자문회의.뒷줄 오른쪽 4번째 곽종세

첫 북한 방문 때 평양 순안공항에서 조요한씨와 함께

2 사랑하는 가족의 아름다운 앨범

건강했을 때의 아내와 함께

사랑하는 두 딸들. 첫째 곽도은(Doni Kwak)
과 둘째 곽재은(Jenny Kwak). 오른쪽이 큰딸

나의 82세 생일 축하로 캘리포니아
로 초청해 함께 즐거운 여행을 해 준
둘째 딸과 친구와 함께

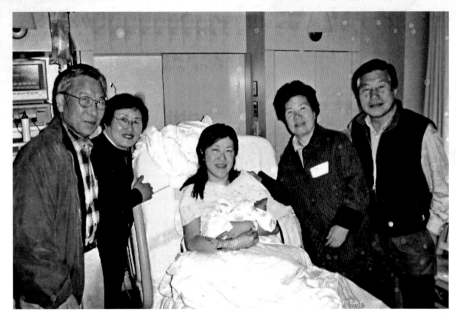

첫째 딸이 첫 아이를 낳았을 때. 왼쪽은 사돈 인 엄도승 박사부부

캘리포니아 여행에서 둘째 딸과 친구와 함께

즐거웠던 하와이 여행

해마다 추수감사절에 가는 멕시코 라스카보스 여행에서 두딸과 함께

행복한 우리 가족 사진

손자 Marcus(엄재승)와 함께

제 **1** 부

태어난 제1고향 북한

나의 고향 함흥

나는 일제 강점기 시대인 1940년 2월23일(음력 정월 대보름) 북한 함경남도 함흥시 삼일리 1가31번지에서 황해도 장연 출신인 아버지(곽진서), 함흥이 고향인 어머니(한후남)의 3남1녀 중 맏아들로 태어났다.

동생은 연년생인 41년 남동생 곽명세, 43년 곽동세, 그리고 여동생은 45년 곽금숙이다.

어머니는 청주가 본인 한무송의 2녀 3남의 둘째 딸로 밑으로 남동생 삼형제가 있었다. 세분의 외삼촌인 셈이다.

외할머니의 이름을 우리가 아는 의병장 곽재우 장군의 현풍(玄風) 곽씨나 족보에서의 포산(苞山) 곽씨에서 찾으려 했더니 남자 이름만 있고 여자 이름은 없어 선조들이 얼마나 여성들을 무시했는지 부끄러웠다.

외할머니는 딸 둘을 낳고 아들을 보기 위해 둘째 딸인 어머니 이름을 남자 이름인 후남이라고 지었다. 둘째 딸 다음엔 아들을 낳으라는 뜻이었는데 진짜 내리 세 명의 아들이 나왔다.

어머니가 3남 1녀를 안고 있는 어릴 적 사진. 왼쪽이 곽종세 외할머니도 딸 둘, 아들 셋 형제에 어머니 결혼 3년에 태기가 없다가 5년 동안 3남 1녀가 태어났다. 그곳이 내가 태어난 함흥시 삼일리 1가 31번지였다.

이곳은 '3.13 함흥학생 반공 의거'가 일어난 현장이었다. 1945년 8월 소련군 점령의 북한에 해방군을 자처한 소련군의 약탈과 대민 행패가 심하였다. 이에 격분한 함흥시의 각급학교 학생 4,000여명이 1946년 3월13일 약탈과 만행을 일삼는 소련군은 즉시 물러가라고 외치면서 시가행진을 벌였다.

바로 우리 집 앞에서 당시 400-500여명의 학생들과 청년들이 따발총으로 중무장한 100여명의 소련군과 십여 명의 인민군 통역 군관과 대치한 사건이 벌어졌다.

학생들은 한국말과 소련 말로 "너희 나라로 물러가라" 구호를 외치며 대항했다. 강제 해산을 요구하는 소련군 장교와 통역관의 고성이 오가더니 먼저 소련군이 하늘과 콘크리트 바닥에 따발총을 쏘아댔다. 학생들은 물러가지 않고 주먹 크기의 돌을 던지며 구호를 외치고 앞으로 나아갔다.

우리 집 앞을 지나 한 건물 정도 소련군이 밀려 났으나 다시 무차별 사격을 가해 학생들이 피를 흘리며 쓰러졌다.

당시 어린 나이였지만 우리 집은 코너 집에 유리문과 창문이 있었기에 너무나 뚜렷하게 현장을 목격했다. 어머니와 할머니가 같이 지켜보고 있었으며 동생들은 안채에 숨었다. 남녀 학생들은 도망치기 위해 집에 십여 명이 들어왔고 뒷문으로 피하기도 하고 창고에 숨기도 했다.

우리 집은 아버지가 단무지를 만들어 군에 납품하는 사업을 하셨기 때문에 비교적 부유한 편이었다.

원래 일본인 부부가 단무지 공장을 하고 있었는데 공장에서 일하는 아버지 선배가 아버지를 소개시켜줘 그곳에 취업되었다. 아버지가 일본어도 잘하고 주판 계산도 잘 하며 열심히 일해 신용을 쌓자 일본인 주인이 아버지에게 아무에게도 가르쳐 주지 않던 단무지 제조 비법까지 전수하고 다

1938년 함흥에서 찍은 부모님 약혼사진

른 곳에 출장 갈 때면 경영을 맡겼을 정도였다.

1938년에 22세인 아버지는 중매로 어머니를 만나 약혼을 하였다. 당시 어머니는 일본인 경영 함흥 화신 백화점에서 일하고 있었다. 화신 백화점은 일본인들만 출입할 정도로 고급 백화점이었는데 조선 여학생으로는 첫 직원일 정도로 용모도 미인이고 일본어도 잘했다.

단무지 공장 일본인 사장 부인이 어머니를 잘 보고 아버지께 한번 같이 가보자고 권유했다. 일본인 사장 부인은 아버지에게 멀리서 물건을 사는 척 하면서 이 처녀를 본 후 마음에 들면 자기 곁으로 오라고 했다. 아버지도 마음에 들었고 사장 부인의 중매로 결혼을 하였다.

38년에는 일본인 주인이 나이가 들고 공장을 물려줄 자녀도 없자 일본으로 돌아가며 아버지가 공장을 인수하도록 했다. 그리고 1년에 몇 차례 이윤을 배분키로 했다.

약혼 몇 개월 후 결혼한 아버지는 2년 동안이나 아이 소식이 없자 여승들만 있는 절에 가서 어머니와 함께 불공을 드리기도 했다는데 드디어

1940년에 내가 세상에 태어났다.

함흥은 함경남도의 도청 소재지로 함흥냉면으로 유명하고 '함흥차사'라는 역사로도 유명한 곳이다. 북쪽은 함경산맥, 서쪽은 낭림산맥으로 둘러싸여 있으며 성천강이 동해로 흘러가면서 성천강 유역에 함흥평야가 발달한 곳이다.

남북이 갈라져 지금은 갈 수 없는 고향이 되었지만 어렸을 적 많은 추억들이 아직도 생생하다. 성천강에서 헤엄을 칠 때에 외삼촌들은 나를 강 중간 까지 헤엄쳐 가도록 했고 초등학교 1학년 어린 나를 몇 번이나 산 속 묘지들이 있는 곳에 데려다 놓고 숨어서 지켜보기도 했다.

외삼촌들은 그렇게 해야 간덩이가 커진다고 했다. 그 덕분에 후일 어떤 어려움 속에서도 이길 수 있는 담대함이 생긴 것 같다.

외할머니 집에서 외가 친지 소유인 과수원까지 일주일에 한두 번은 걸어 갔다. 그곳엔 젖소가 있어 젖 짜는 모습을 지켜보고 우유를 들고 집으로 가져와 맛있게 마셨던 기억도 있다.

함흥에는 겨울철에는 눈이 많이 내리고 매우 추웠다. 성천강이 꽁꽁 얼때면 외삼촌들과 함께 얼음 위에서 나무로 만든 썰매를 탔다. 서울 남산같은 함흥의 반룡산에 눈이 많이 내리면 일본인들이 만들었던 언덕 위의 조그만 스키장에서 대나무로 만든 스키를 타고 친구들과 함께 신나게 내려왔다.

눈이 많이 내려 도로가 눈으로 덮이면 외삼촌이 일본 군경의 셰퍼드를 데려와 내가 줄을 잡고 셰퍼드가 끄는 썰매를 타기도 했는데 참 빨리 달렸다. 외삼촌은 당시 의대 본과 1학년이며 유도부장으로 유도를 가르쳤기 때문에 경찰이나 정보원들과도 잘 알아서 족보가 있는 셰퍼드를 구입했고 새끼를 낳아 집에서 길렀다. 셰퍼드 개집을 크게 만들었고 어릴 적 그 개집에서 놀고 자기도 했다.

성천강 건너편에 있는 외갓집에서는 경찰이 타는 말을 길렀다. 원래 일본 경찰이 타던 말이었으나 외삼촌이 경찰들과 잘 알기 때문에 해방되면서 암놈 한 마리를 길렀다.

암놈 말이 새끼를 낳자 외삼촌은 망아지를 나에게 주었다. 셰퍼드 보다 조금 큰 망아지는 어미를 따라 다녔고 7,8개월 후에는 제법 컸다.

외삼촌은 나를 말 위에다 앉히고 같이 과수원의 넓은 뜰에서 말을 탔는데 조그만 망아지는 뒤를 따라왔다. 망아지에게 먹이를 주며 친해졌고 나중에는 외삼촌이 앞에서 큰 말을 타고 뒤에는 내가 망아지를 타고 따라갔다. 이 때 앞에 있는 외삼촌이 긴 줄로 뒤에 있는 망아지와 연결해 조절하며 훈련시켰다.

주말에는 도로로 나가 성천강 다리인 만세교를 여러번 건너 초등학교에 오갔다. 운동장에서 축구를 하던 학생들이 신기하게 쳐다보기도 했다.

이 두 마리 말은 안타깝게도 6.25 사변 전인 49년에 북한 당국에 징집되어 빼앗겼다.

어릴 적에는 동네 골목이나 큰 길에서 친구들과 팽이 돌리기도 하고 정월 보름이면 성천강 다리인 만세교에서 다리 밟기 하며 둥근 보름달 아래서 소원을 빌기도 했다.

이날 밤이면 아이들은 깡통에 못으로 구멍을 뚫고 끈을 만든 후 깡통 속에 숯불을 넣고 원형으로 돌리는 불꽃놀이 망우리 돌리기를 신나게 했다. 다 어릴 적 고향의 아름다운 추억들이다.

가장 충격적인 사건도 있었다. 45년 8.15 해방 직후인 9월에 집 뒷마당에서 일본인 중학생 형이 함흥역에서 주워온 팔뚝만한 박격포탄을 가지고 와 7,8명이 함께 놀았다. 박격포탄에는 프로펠러가 있어 여러 아이들이 프로펠러를 돌리고 놀았다. 내 차례가 되어 나도 프로펠러를 돌렸고 아무 이상이 없었다. 그것을 본 내 동생도 프로펠러를 돌리려 했다.

순간 나는 불길한 예감에 소름이 끼치는 것을 느끼고 갑자기 동생을 끌고 집 안으로 들어갔다. 그리고 평소 방공훈련을 한 것처럼 창문 밑에 엎드려 귀를 막고 눈을 손으로 가렸다. 밖에서는 계속 아이들이 놀고 있었는데 불과 2,3분도 안되어 쾅하는 폭발음이 들렸고 사방에서 비명소리가 들렸다.

밖에 나가보니 놀던 아이들 여러 명이 피투성이가 되어 쓰러져 있었다. 사람들이 몰려들어 아이들을 업고 병원으로 달려갔다. 나와 동생은 기적적으로 무사했으나 겁이나 숨었다.

이 폭발 사고로 옆집에 살던 일본인 형의 다리가 절단되었고 다른 친구들도 얼굴과 팔다리에 큰 부상을 입었다. 정말 끔찍한 사건이었다.

나는 할아버지에 대해서는 기억이 전혀 없다. 내가 태어나기 전 이미 돌아가셨기 때문이다. 2년 전 어느 날 이상한 꿈을 꾸었다. 보통 꿈에서 깨어나면 바로 잊기 마련이나 아직도 생생하다.

꿈에서 80대의 아버지가 40대로 보이는 젊은 남자를 데려왔다. 그리고 나에게 그 젊은 남자에게 절을 하라는 것이었다. 당시 내 나이가 80이 가까웠는데 젊은 사람에게 절을 하라니 아마도 촌수가 높아서 절을 하라고 하는가 보다 짐작했다.

뜻밖에 아버지는 "이 분이 네 할아버지이시다" 라고 말씀하셨다. 전혀 할아버지를 본 적이 없지만 순종하고 할아버지라는 젊은 남자에게 절을 했다. 그리고 꿈에서 깨어났다.

그날 아침 나의 5촌 부인이 되는 숙모가 전화를 했다. "도은이 아빠, 이상한 꿈을 꾸었다"라며 꿈 이야기를 했다. 내 꿈과 똑같이 아버지가 젊은 남자를 데려왔는데 할아버지라고 말씀 하셨다는 것이었다. 정말 같은 꿈을 같은 시간에 두 명이 꾸었다는 것이 신기하고 이상했으며 무슨 메시지가 있지 않나 생각이 들었다.

할아버지에 대해서는 아버지도 평소 말씀이 없었다. 그러나 언젠가 미국에 온 아버지로부터 뒤늦게 이야기를 들었다. 일제 강점기 시대 아버지가 북한에서 사업을 했을 때 만주 쪽에서 연락이 왔는데 할아버지가 독립운동을 한다며 독립군자금을 도와줄 것을 부탁했다.

아버지는 연락을 보낸 사람을 믿을 수 없지만 도와주며 다음에는 믿을 수 있는 증거를 가져오라고 했다. 그 후 연락을 한 사람은 할아버지 친필이라며 쪽지를 가지고 왔다. 할아버지와 우리 집안 이름까지 적혀 있어 아버지는 믿게 되었다.

그 후 아버지는 3,4년 동안 함경북도(현 '량강도') 혜산진과 평안북도(현 '자강도') 만포에 가서 사람을 만나 만주에서 독립운동을 한다는 할아버지에게 군자금을 보내주었다.

그러나 해방되기 전인 1942년 쯤 할아버지가 돌아가셨다는 연락을 받고 그곳에서 독립군으로부터 유골이 담긴 가방을 받아 황해도 장연에 있는 할머니의 산소 옆에 있는 가묘에 봉분을 하지 않고 안장했다고 한다.

당시 아버지 나이가 20대이었고 할아버지가 40대이었으니 꿈에 본 40대 남자가 할아버지인 것이다. 아버지도 6.25 사변 후 한국으로 넘어와 새 가정을 꾸리고 북한에 다시 가보지 않았다.

북한을 떠난 후 할아버지 산소에도 가보지 못하고 산소도 정식 봉분이 아닌 가묘이니 아버지 마음에도 할아버지에 대한 죄송함과 가보지 못한 한이 있어 이런 꿈을 보여주지 않았나 하는 생각이 들었다.

그 꿈을 꾼 후 본적도 없는 할아버지의 명예를 조금이라도 찾아드리기 위해 독립운동을 했다는 할아버지(곽준, 郭峻)의 흔적을 찾았다. 한국의 국사 편찬위원회부터 여러 기록들을 다 찾아보았지만 알 수 없었다. 그 이유는 많은 독립 운동가들이 당시 가명을 썼기 때문이었다.

할아버지 산소가 있는 황해도 장연은 일설에 의하면 김구 선생 출신 지역이라는 말이 있을 정도로 일제 강점기 시대에 반 일제 운동이 강했고 기독교도 아주 부흥했던 지역이다. 그 영향으로 할아버지가 당시 독립운동을 하다 돌아가셨다고 믿는다. 언젠가 꿈에 나타난 할아버지와 아버지의 메시지가 꼭 이뤄지기 바란다.

PART 2

10살에 고문 받고 함흥 학살 목격

이처럼 좋은 가정에서 나는 초등학교인 함흥 반룡 인민학교(현 '동흥산 인민학교')에 다녔다.

이 학교는 시험을 치고 들어가야 할 정도로 함경남북도에서 가장 좋은 학교였다. 1학년에 입학하니 우리 반 학생은 40명 정도였고 나는 반장을 했다.

2학년 때는 학년 대표로 소년단에 입단해 단원이 되었으며 소년단원 최고 계급장을 달 정도로 모범 학생이었다. 4학년 때는 함흥 방송국 어린이 합창단원이 되어 졸업식 때는 재학생 대표로 가곡 '바위 고개'를 불렀다.

이흥렬 작사, 작곡의 가곡 바위 고개는 지금 생각해도 눈물이 난다.

바위고개 언덕을 혼자 넘자니
옛님이 그리워 눈물납니다
고개 위에 숨어서 기다리던 님
그리워 그리워 눈물납니다.

바위고개 핀 꽃 진달래 꽃은
우리 님이 즐겨즐겨 꺾어주던 꽃
님은 가고 없어도 잘도 피었네
님은 가고 없어도 잘도 피었네

바위고개 언덕을 혼자 넘자니

옛님이 그리워 하도 그리워

십여년간 머슴살이 하도 서러워

진달래꽃 안고서 눈물납니다.

합창단원은 여러 차례 함흥 역에 도착한 소련군 탱크에 탄 인민군 환영식에 동원되기도 했다. 거기에서 우리는 러시아 노래도 부르기도 했다.

나중에 알게 되었지만 이 소련제 탱크들은 6.25 전쟁을 위해 두만강을 건너 와 남쪽 원산 쪽으로 기차를 통해 내려간 것이다.

전쟁이 일어나기 몇 개월 전인 50년 초에는 이 같은 탱크들이 화물 기차 위에 실려 남쪽으로 가는 모습을 많이 보았다. 탱크 위에는 풀로 위장한 인민군들이 타고 있는 것도 보았다.

따라서 나는 6.25 전쟁은 북한의 남침이라는 것을 직접 목격하고 증언한다.

그러던 중 10살 때인 초등학교 3학년 때 정치보위부에 끌려가 전기 고문까지 당하는 일생일대의 충격적인 큰 사건을 겪었다.

1949년 5월1일 이었다. 이날은 북한 공산당에서 중요시 하는 노동절 메이데이(May Day) 날이어서 함흥시에서는 축제가 벌어졌고 여러 학교들은 시가행진을 했다.

다른 학교들은 고학년 학생들이 앞에 가고 저학년 학생들은 뒤를 따라 가야 했지만 우리 학교만은 반대였다. 저학년인 3학년이 앞에서고 고학년이 뒤를 따랐다.

학교 운동장에서 예행연습을 하고 교문을 나와 행진대열에 합류하기 위해 대기 중 갑자기 함흥 의과대학 여학생 대표 5명이 우리 학교 대열 선두에 있는 나에게 목에 화환을 걸어주고 부대장인 여학생 두 명과 함께 기념사진을 찍어 주었다. 그런 후 우리는 행진 대열에 합류하여 시가행진에 참여했다.

그날 찍은 사진은 함흥 일간지 1면에 메이데이 기사와 함께 보도되었다. 그러나 그 사진이 실린 신문은 한 달 후에야 보게 되었다.

3학년인 내가 리더가 되어 제일 앞장섰고 바로 뒤에는 여학생 반장 2명, 그리고 그 뒤에 3,4,5학년 순으로 행진하며 구호를 외쳐야 했다.

해방 후 남북은 분단되어 북한은 소련이 지배하던 시절이었다. 우리 어린 학생들은 무조건 "스탈린 원수 만세, 모택동 주석 만세, 김일성 장군 만세"를 외쳐야 했다.

그런데 이북 사투리로 모택동은 모▶목, 택▶턱, 동▶똥이라고 발음하기 쉬워 나는 장난삼아 손으로 목, 턱, 엉덩이를 가리키며 모택동 대신 "목턱 똥 주석 만세"를 외쳤다. 같이 가던 학생들과 길 옆 관중들도 재미있게 웃으며 박수치고 따라 구호를 외쳤다.

우리 학교를 비롯해 여러 학교 행렬이 최종 장소인 함흥 공설 운동장에 들어가 정렬했다. 중앙에 단상이 있었고 우리 학교 학생이 화동이 되어 높은 사람에게 꽃다발 증정도 했다.

그런데 행사가 끝나지 않았는데도 우리 학교 학생들만 "뒤로 돌아"라는 지시를 받고 학교로 돌아가야 했다

학교에 도착하니 교무주임인 황선생이 화를 내며 일찍 돌아온 이유는 "반동분자를 색출하기 위해서" 라고 열을 올렸다. 먼저 5학년 남학생들을 다 엎드려뻗쳐 기압을 주었다. 이어 엎드려뻗쳐를 제대로 하지 않고 무릎이 땅에 닿은 학생들을 회초리보다 더 굵은 막대기로 때리기 시작했다.

5학년 여학생 순서가 이어지고 4학년 남녀 학생들도 모두 엎드려뻗쳐 기압을 받고 때리기 시작했다.

이때 소련제 리무진이 학교 운동장으로 들어오더니 6명의 남자들이 차에서 내렸다. 검은 가죽 반코트 옷차림이 정치보위부 사람들이었다.

기압을 받으면서도 아무도 자신이 했다고 나서는 학생이 없었다. 나는 내가 먼저 시작한 죄가 있었기 때문에 모든 학생들이 나만 쳐다보는 것 같아 마음이 불안했다.

더 견딜 수 없어 사실을 말하기 위해 대열에서 나와 담임선생에게 갔다. 창백한 얼굴을 한 담임선생이 놀라며 "왜 나왔느냐? 빨리 돌아가라"고 말했다.

여자 담임선생은 내가 실제로 한 줄 모르고 단지 소년단원의 영웅심리로 나선 줄 알고 말린 것이었다.

소년 단원에서는 문제가 생겨 아무도 나오지 않을 경우 반장이 책임을 대신 지는 것이 영웅이라는 교육을 받았다.

나는 오히려 용감하게 중앙 단상 앞에 나가 내가 했다고 말했다. 그랬더니 단상 위에 있던 황선생이 내 양쪽 귀를 잡고 단상으로 끌어 올렸다.

귀가 찢어질 수도 있었다. 그러나 어릴 적 유도부원이었던 외삼촌으로부터 유도를 좀 배운 덕분인지 본능적으로 내 귀를 잡은 두 손을 꼭 잡고 올라가는 바람에 귀가 아프지 않았다.

교단에 올려진 나는 소년단 식으로 경례를 했다. 엎드려뻗쳐 있던 학생들도 다 일어났다. 황선생은 네가 했느냐며 그대로 해보라고 시켰다. 나는 그대로 목택똥을 외쳤다. 이 모습을 본 전체학생들뿐만 아니라 같이 있던 학부모, 보위 대원들도 다 웃었다.

그러나 나는 바로 잡힌 채 보위부원에게 교장실로 끌려갔다. 그 곳에서 나는 걸상을 드는 기압을 받고 교장 선생님과 담임선생은 잘못했다는 시말서나 조서를 써야 했다.

그때 이 소식을 듣고 교장실로 막내 동생을 업은 외할머니가 들어오셨다. 그리고는 대뜸 황선생과 보위부원들에게 호통을 쳤다.

"당신들 10살짜리 어린애를 가지고 뭐하느냐? 건들이지 말라. 저 애 외할아버지는 일본놈에게 잡혀 함흥 형무소에 갇혀 있다가 해방되고 나서야 풀려났는데 일주일 후 돌아가셨다" 라며 애국자의 자손이라고 당당하게 주장했다.

이 같은 호통 후 보위부원 대표는 "할머니는 염려하지 말고 집에 가시라"고 말했다. 그러나 나는 조사할 것이 있다며 밖에 있던 리무진 차에 강제로 태워져 정치보위부 건물로 끌려갔고 심문을 받았다.

보위부원들은 불과 10살인 어린 나를 조사한다며 책상위에 두 손을 올리게 한 후 손톱 밑에 전기선을 잇고 고무장갑을 낀 손으로 나의 두 손목을 꽉 쥐었다. 한명은 반대 쪽 의자에 앉아 발전기를 돌리고 또 한명은 손이 움직이지 못하도록 꽉 잡았다.

"누가 시켰느냐? "아버지냐 삼촌이냐?" 그들은 누가 나에게 그런 짓을 시켰는지 다그쳤다.

나는 "그런 거 가르쳐 준 사람도 없고 무의식중에 나온 말이고 행동이다"라고 대답을 수없이 하였다. 가족들 이름 등을 늦게 대답하거나 머뭇거리면 어김없이 "드르릉" "드르릉" 앞사람이 전기 모터를 돌리면 손끝에서 전기로 찌르는 공포감으로 지금도 식은땀이 난다.

하지만 육체의 고통은 처참하고 무서웠지만 정신적인 의지는 꺾지 못했다. 내가 "잘못한 것 없고 나는 듣지도 알지도 아무것도 모른다. 모택동 이름은 외우기도 힘들다. 그래서 내가 외우기 쉽게 목택똥 하니 잘 외어지기에 그때 마스게임 구호로 한 것"이라고 변명했다.

그러나 그들은 "네 아버지 어디 있느냐?", "남조선에는 누가 있느냐?", "네 아버지가 집에서 무엇을 가르쳤느냐?" 등 나와 아버지의 반공산주의 사상 여부를 물으면서 전기 고문을 계속했다. 계속 모른다고 대답했지만 짜릿짜릿한 전기 고문에 충격을 받고 큰 비명을 질렀다.

사실 당시 사업을 한다며 집을 나간 아버지가 어디에 있는지 몰랐기 때문에 대답할 수 없었다. 그러나 정신이 희미한 가운데 고문을 하는 보위부원들로부터 아버지 소식을 오히려 들을 수 있었다.

아버지는 해방 된 후 46년부터는 몰래 남한에 가서 물건을 사와서 북한에 파는 장사를 하셨다. 남한 부산 등에서 고무신을 사가지고 와서 북한 평양 등에 팔았다. 이북에는 고무신이 없을 정도로 귀했다. 특히 하얀 백고무신은 현재의 구두일 정도로 귀하고 비쌌다.

아버지는 이 사업을 하기 위해 오랫동안 집을 떠나있었는데 1948년 진남포에서 소련 경비정에 붙잡혀 남포 구치소에 5,6개월 정도 수감 된 상태였다.

보위부원들은 아버지의 행적을 확인했으며 아버지가 무당(당이 없는 것)도 아니고 조만식 선생의 당에 가입되어 있는 반동이라고 말하는 것을 들을 수 있었다.

그 일로 학교에서 퇴학당했으나 어머니와 외할머니의 노력으로 정학으로 처벌이 줄어들었고 다시 9월부터 학교에 복학할 수 있었다. 그러나 가장 높았던 소년단원 계급은 가장 낮은 것으로 강등되었다.

이 같은 나의 초등학교 시절은 1950년 10월 1일 국군이 휴전선 돌파 북진 후 5학년 졸업반 때 교사 부족으로 학생 1/3도 등교 하지 않아 정상 교육이 이뤄지지 않았고 그해 12월 중순 월남하게 되어 고향 함흥을 떠나게 되었다.

그러나 월남 직전 나는 인민군들이 반공인사들에게 저지른 끔찍한 함흥 학살 사건을 목격했다.

국군이 북진해 인민군들이 함흥에서 퇴각한 후 할머니가 하루는 나를 데리고 정치보위부와 함흥 형무소로 데려갔다. 그 이유는 함흥 형무소에 수감되었던 조카를 찾는 것이었고 내가 고문당했던 정치보위부가 어떻게 되었는가를 알기 위해서였다.

외할머니를 따라 큰길가에서 한참 들어가니 전에 끌려갔던 정치보위부 건물이 보였다. 그러나 그 위세 당당하던 건물은 다 불타버리고 화염에 그슬린 흉측한 건물에 유리창은 다 깨지고 녹아내려 건물 벽에 눈물자국처럼 덕지덕지 붙어 있었다.

더 가까이 가서 보니 키 낮은 나무들로 건물을 커튼처럼 둘러싸고 있었는데 약간 높게 꾸민 화단엔 꽃나무도 없어 음침한 분위기를 보여 주었다.

정치보위부 아래층은 다이너마이트로 폭파시켰는지 밖에서 보이지 않던 지하실 철창살로 만든 감방의 을씨년스런 모습이 그대로 노출되어 있었다.

창살에 매달린 양팔과 상체는 뼈만 남아 있었다. 몸통에는 한 다리뼈만 붙어 있고 한 다리뼈는 몸통뼈에서 떨어져 바닥에 떨어져 있는 참상을 보았다. 어느 괴기한 영화에서도 아직 이런 영상을 못 보았다. 그 건물 좌우와 정면을 보았는데 뒷면은 장애물이 있어 못 본 것 같다.

이 장소는 바로 내가 전기고문을 받았던 곳이었다. 당시 삼엄한 경비원의 안내로 지하로 내려가 복도 양쪽 좌우로 창살이 천장에서 바닥까지 환히 보이는 감방을 지나 오른쪽 복도 맨 끝 쪽에 있는 곳까지 걸어갔던 일이 다시 떠올랐다.

포승도 안하고 수갑도 하지 않은 10살짜리 꼬마 학생이 학생복을 입고 두 수사관의 안내이자 호위를 받으며 지하 복도를 걸어갔다.

양옆에 철장을 쥐고 쳐다보던 수많은 얼굴과 의아한 눈동자들을 보면서 무서움과 겁에 질리지 않고 당당하게 걸어갔던 광경은 80이 넘어 생각해도 스스로 대단했다고 본다.

그러나 그 후에 찾아간 정치보위부 건물에서는 그 많은 죄수들 아니 반공 애국인사들의 형체는 찾을 수 없었다. 수십 명되는 유골들은 각기 다른 형체였는데 창살에 팔 하나만 붙어 있거나 다른 부분이 밑에 떨어져 있는 것 등 차마 글로 더 적을 수 없는 것이었다. 내 생전에 가서 위령제나 올릴 수 있으려는지?

정치보위부의 이 같은 만행은 나치의 게슈타포 보다 더 잔악한 행위이다. 그래도 독가스로 죽여서 시신은 볼 수 있었지만 이것은 생지옥이었다. 나는 열 살에 이 같은 생지옥을 목격하였다. 지금까지 가족에게도 말 못했던 이 사실을 나는 세상을 떠나기 전 밝히고 싶다.

정치 보위부에 이어 외할머니는 이번에 함흥 형무소로 나를 데려갔다. 외할머니는 전에도 나를 여러 번 형무소로 데려갔기 때문에 어리둥절하면서도 그때마다 이유를 묻기도 했다.

그때마다 외할머니는 죄 없는 외할아버지와 외삼촌들이 감방 생활을 하고 있다는 이야기들을 수없이 했다. 또 형무소에서 강제 노동으로 양배추밭에서 일하던 푸른 죄수복을 입은 외할머니의 친 조카 면회도 수없이 같이 다녔기에 그때는 어려서 몰랐지만 지금은 당시 너무나 마음이 아팠을 외할머니의 심정을 이해하고 있다.

이씨 성을 가진 외할머니의 친오빠는 6.25 사변 전 서울로 가셨는데 슬하에 4아들이 있었다. 첫째와 넷째는 아버지 찾으러 남한으로 38선을 넘다가 북한군에 걸렸는데 큰아들이 동생을 숨기고 혼자 손들고 잡혀서 함흥 형무소 수감 생활을 하게 되었다.

둘째, 셋째는 북한군으로 참전했다가 국군이 북진할 때 북으로 퇴각하면서 두 분은 우리 집에 들렀는데 그때 둘째가 인민군 공군 대위, 셋째 인민군 해군대위 인 것으로 기억난다.

그러나 넷째는 국군 사단 백골 부대 소령으로 함흥으로 진격하면서 어머니는 만났는데 나는 만날 기회가 없었다. 이것은 정말 한 가족 4아들이 인민군과 국군으로 서로 총을 쏘는 동족상쟁의 비극이었다. 먼데서 본 것이 아니라 우리 가족에서 겪은 것이었다.

외할머니의 오빠는 국군 수복 후 함흥에 오셔서 함경남도 부도지사로 11월에 오셨다가 11월 말에 서울로 가시면서 주소를 주었는데 전쟁통이라 가지도 못했다.

함흥형무소는 인민군과 간수들이 모두 도망가 문이 완전히 활짝 열려 있었다. 안으로 들어갔더니 정문 오른쪽에 큰 우물이 3,4 개 있었다. 그 앞에는 놀랍게도 우물에서 꺼낸 많은 시신들이 위에 덮는 것도 없이 땅바닥에 그냥 눕혀 있었다.

특히 내가 갔을 때만 해도 우물에서 여러 명이 사다리를 놓고 학살된 시신들을 건져 올리고 있어 처참한 광경을 생생하게 목격했다.

우물에서 꺼낸 시신들은 죄수복 옷이 너덜너덜 헤어져 젖가슴이 드러난 젊은 여성들이었다. 놀라운 것은 젖가슴과 몸에 죽창이나 쇠꼬챙이로 찌른 자국까지 있었다. 아마도 여성들을 산채로 우물에 빠뜨렸고 안에서 나오려하자 마구 찔러 죽인 것 같았다.

우물에서 발굴된 150-200 구 여성들은 아마도 지난번 함흥 학생 사건에서 체포되었던 여학생들 같았다. 외할머니를 비롯해 이같은 참상을 목격한 사람들은 이들을 죽이고 도망간 간수들을 욕하기 시작했다.

형무소 뒤쪽에서도 많은 시신들을 보았다. 이들은 남자들이었고 총으로 살해했는지 때려서 죽였는지 모두 처참한 모습이었으며 손들이 모두 뒤로 묶여 있었다.

몇백명이나 되는 많은 시신 더미 속에서도 외할머니는 조카를 찾기 시작했다. 이미 가족의 시신을 찾은 사람들의 울부짖는 소리도 들렸다.

처음에는 얼굴로 확인하려 했으나 얼굴조차 알아볼 수 없는 시신이 많았고 너무 많기 때문에 외할머니는 조카에게 있는 왼발 흉터가 있는지 다리들을 들쳐보았다.

그러나 나중엔 들쳐본 시신들이 너무 많아 외할머니가 허리가 아프다고 해서 다음부터는 내가 대신 직접 죽은 사람들의 다리를 들쳐 흉터가 있는지를 조사했다.

처음에는 무서워 시신을 만지지 않으려 했으나 나중에는 겁도 나지 않아 그냥 맨손으로 시신 다리들을 들쳐보았다. 이미 죽어 색깔이 바라고 굳어있는 수많은 시신들의 다리를 만지는 것은 정말 끔찍한 경험이었다. 그러나 여기에서도 찾는 조카의 시신은 없었다.

다음날 외할머니와 함께 함흥 반룡산 중턱에 있는 금광 탄광으로 갔다. 거기에서도 인민군들이 반공인사 수백 명을 다이너마이트를 터뜨려 살해했는데 시신들은 폭파로 인해 형상도 알아보지 못할 정도로 비참했다.

외할머니는 이번에는 인민군들이 죄수들을 끌고 갔다는 오로리에 함께 갔다. 충격적인 것은 개간이 되지 않은 2차선 정도의 200미터 거리 도로에 하수구처럼 구덩이가 파있었고 그 안에 손과 발이 묶여 있는 수많은 시신들이 흙에 덮여져 있었다. 아마 이들은 생매장 당한 것 같았다.

외할머니와 나는 보름동안 조카의 시신을 찾으려 다녔으나 결국 찾지 못했지만 끔찍한 함흥 대학살의 여러 현장을 직접 목격했다.

나중에 위키백과 사전을 찾아보니 다음과 같이 자세하게 설명되어 있었다. 함흥 학살 사건은 1950년 10월 김일성의 지시에 의해 자행된 함경남도 함흥시에서의 집단 학살 사건이다. 희생자는 대략 1만 2천여 명(납치 및 실종자 제외)으로 추산된다. 주로 총살, 우물 생매장, 투석을 통해 학살했으나, 반룡산 방공굴의 경우 폭사를 시키기도 했다

친 증조할아버지와 증조 할머니

피살자 수는 함흥감옥 700명, 충령탑 지하실 200명, 정치보위부가 있는 3곳의 지하실 300명, 덕산의 니켈 광산 6,000명, 반룡산 방공굴 8,000여 명 이라고 설명되어 있었다.

구글 이미지를 통해서도 당시의 사진들이 올라와 있는데 10살 때 내가 목격한 장면들과 같은 것들이었다. 단지 형무소의 우물 사진은 지금 보니 내가 봤던 것보다 작았다.

아마 그때는 내가 어려서 우물이 더 크게 보였을 것이다. 그러나 그 우물에서 수많은 여자 시신들을 꺼내던 장면은 천인공노 한 짓으로서 규탄받아야 마땅하고 다시는 이런 비극이 절대 없어야 할 것이다.

PART 3

나 홀로 월남

1949년 추운 겨울 아버지가 드디어 집으로 돌아왔다. 남한을 오가며 고무신 장사를 하던 중 소련군에 체포되어 구치소 생활을 하다가 풀려난 것이었다. 그러나 집에 돌아온 아버지는 일체 그런 이야기를 하지 않았다.

6.25 전쟁이 발생한 해인 1950년 초에 학교에 다녀와 집에 오니 집 앞문이 모두 널판자로 막혀 있었다. 북한 당국에 집을 뺏겼다는 것이었다.

우리 집은 일본식 집이나 일본인 소유의 적산 가옥이 아니고 정식으로 등기부 등본되고 명의 이전된 주택이었다. 그러나 할 수 없이 집을 뺏긴 채 임시로 함흥역 근처에 집을 얻어 살아야 했다.

1950년 6월25일 북한군이 남한을 쳐들어간 6.25 전쟁이 발생했다. 우리는 북한에 있었기 때문에 남한 주민들처럼 피난 갈 필요가 없었다.

전세가 역전되어 다시 국군이 3.8선을 넘어 북쪽으로 진격해 올라오자 북한군은 북으로 더 밀려 나갔다. 당시 함흥시내 중심지인 함흥극장 인근에 살고 있었는데 집 앞은 4차선, 극장 뒤는 2차선 도로일 정도로 번화가이었다.

국군이 들어오고 북한군이 북쪽으로 퇴각하자 국군 3사단 병참본부가 이 극장에 주둔했다. 전투 병력들에게 물품을 수송하는 일을 담당하였기 때문에 이곳에는 10명 정도 군인이 상주하고 있었다.

같은 곽씨 성을 가진 상사가 있었고 경북 대구 출신 김중사도 있었다. 이곳에서는 북쪽 진격 국군에게 보급할 수송 트럭들이 오고 가는 모습으로 항상 분주했던 것이 기억난다.

아버지(오른쪽)와 작은 할아버지

하루는 극장 주둔 국군들이 식당을 하던 우리 집에 와서 식사를 좀 해줄 수 있느냐고 물었다. 식사 재료는 자기들이 가져왔다.

원래 식당을 해서 어머니 음식 솜씨도 좋았지만 어머니는 안방에 상을 차리고 뒷마당 닭도 잡아주는 푸짐한 식사 대접을 했다. 국군들은 전쟁 상황에서 이 같은 푸짐한 식사 대접 받기는 처음이라고 고마워했다. 그리고 우리에게 쌀도 줄 정도로 서로 가까워졌다.

이 같은 인연으로 우리 식구와 국군들은 친한 사이가 되어 어머니를 누님 삼겠다고 농담하거나 아버지를 형님으로 부를 정도가 되었다.

1950년 11월 말쯤 북쪽 압록강까지 진격했던 국군은 중공군의 전쟁 기습 참여로 다시 남쪽으로 후퇴하기 시작했다. 12월 중순쯤 어느 날 저녁 잠을 자는 데 "종세야, 종세야" 하고 나를 부르는 소리가 들렸다. 김중사 소리였다.

잠에서 깨어 안방에 가보니 부모님이 계셨다. "왜 나왔느냐?" 묻기에 "김중사가 부르는 꿈을 꾸었습니다" 라고 말하니 아버지는 "그냥 꿈이니 가서 다시 자거라" 하셨다.

돌아서 나오는데 이번에는 뒷마당 문에서 쿵쿵 문을 두드리는 소리가 들렸다. 부모님이 나가보니 국군 운전병인 일병이 "접니다"라고 말했다. 아버지가 웬일이냐? 고 묻자 "김중사가 지금 전봇대 위에서 식구를 부르고 있는데 못들은 것 같아 제가 문을 두드린 것입니다"라고 설명했다.

그때가 밤 12시쯤이었다. 집에 들어온 김중사는 현재 국군이 남하 후퇴 중이라며 한 달 만 후퇴했다가 다시 돌아 올 것이라고 말했다. 특히 현재 트럭으로 남하 중이니 우리 가족과 같이 가자며 이미 곽상사의 승낙도 받았다고 했다.

갑작스런 피난 요청이지만 가족이 쉽게 결정할 수 없는 상황이었다. 아버지는 장자인 나를 먼저 걱정해 서울에 있는 친지에게 내려가도록 편지를 써주고 당시 큰돈인 3만원까지 준비해 주셨다.

전쟁으로 가족에게 무슨 변이 일어나더라도 곽씨 집안의 대를 이어야 할 장자만은 무사해야 한다는 아버지 마음으로 우선 나 혼자 피난을 시키려는 마음이었다.

그러나 잠시 후 아버지는 어린 나 혼자 보내는 것이 불안 했던지 "나도 아들과 같이 가겠다" 라고 말했다.

한 달 후면 다시 돌아온다는 국군의 말을 믿고 다시 곧 만날 수 있을 것이라는 생각에 남은 가족들과 이별을 슬퍼할 시간도 없이 집을 나섰다.

아버지와 내가 트럭을 타러 나와 보니 간난 아이가 딸린 옆집 식구 4명과 봇짐을 든 동네 사람 몇 명도 함께 있었다. 당초 우리 집은 북한 정부에 뺏기고 임시로 다른 집에 살았다. 국군이 다시 함흥에 들어와 공산군들이 퇴각한 후 다시 옛 집을 찾아가 봤는데 큰 우리 집이 3집으로 나눠져 있었고 그 한집에 이들 식구가 살고 있었다.

우리는 군용 트럭으로 흥남 부두에 도착했다. 군인들은 여기까지만 태워주고 그 다음부터는 알아서 남쪽으로 내려가야 한다며 떠났다.

아버지와 나 그리고 아버지가 형님으로 부르는 옆집 아저씨 가족 모두 6명은 함께 행동하기로 하고 남한에 갈 수 있는 배를 구하기로 했다. 마침 들어간 국밥 식당에서 주인에게 아버지가 담뱃값을 주며 남한 가려고 배를 구한다고 했더니 잠시 후 선장하고 같이 왔다.

우리는 이날 저녁 선장 집으로 가서 숙박했다. 선장은 배를 수리하기 위해 며칠을 기다려야 한다고 했다. 며칠 더 기다려야 한다는 말에 아버지는 함흥 집에 남아있는 어머니와 동생들을 데리러 다시 집으로 돌아가 3, 4일 정도면 돌아오겠다며 나를 형님 아저씨에게 맡기고 떠났다.

며칠 후 배가 다 고쳐졌지만 아버지가 가족과 함께 올 때까지 끝까지 기다리라고 하신 말씀으로 더 기다렸다. 나는 매일 부둣가에 나가 아버지와 가족이 돌아오는지 찾아 다녀보았다.

어느 날 부둣가에서 한 젊은 여성이 보따리를 들고 울고 있는 모습이 보였다. 바로 집에서 일하던 18세 옥순이었다. 반가워서 우리 가족은 어떻게 되었느냐고 물었다.

옥순이는 가족들이 자기와 함께 내려오는데 함흥과 흥남 사이의 다리를 통과하지 못했다고 했다. 다리를 지키는 국군들은 트럭에 여자만 태우고 통과시켰다. 그래서 옥순이는 넘어올 수 있었으나 어머니는 가족들과 함께 가기위해 넘지 않았으며 할 수 없이 다시 집으로 돌아갔다고 했다.

아버지가 다리를 건너지 않고 다른 길로 돌아서 가거나 배를 빌려서라도 흥남으로 올 수 있었을 터인데 아쉬운 상황이었다.

할 수 없이 나와 옥순이 그리고 옆집 아저씨 가족만 배를 타고 포항으로 가기로 했다.

PART 4

험난한 피난 바닷길

나와 옥순이 그리고 큰 아버지라고 부른 옆집 아저씨 가족은 준비한 배를 타고 포항으로 내려가기로 했다.

그러나 흥남에서 포항으로 가는 바닷길은 정말 위험하고 험난했다. 먼저 옆집 아저씨가 선장과 짜고 장난을 쳤다. 우리들만을 위해 빌린 배인데 다른 피난민들도 돈 받고 태워 배 아래까지 피난민들로 가득했다.

더구나 옆집 아저씨는 옥순이의 짐 보따리는 배에 싣게 하고도 그녀는 타지도 못하게 했다.

내가 옥순이와 함께 타야한다고 울며 고집하자 옆집 아저씨는 "피난은 놀러가는 것이 아니다"라며 계속 못 타게 했다. 할 수 없이 나만 타고 배는 항구를 떠나 고동을 울리며 바다로 나아갔다.

배가 항구를 나가는 사이에 부둣가에 있는 옥순이가 군인 4명과 함께 서 있는 것을 보았다. 옥순이는 군인들에게 "저 배에 우리 가족이 있으니 타야 한다"라고 울며 간청하는 것 같았다.

군인들은 부두에 있던 노를 젓는 나룻배를 찾아서 배 앞쪽으로 카빈 공포탄을 쏘며 다가왔다. 선장이 할 수 없어 배를 정지시키자 군인들은 "남쪽 어디로 가느냐"를 묻고 포항으로 간다고 하자 자신들도 포항에 간다며 배에 타고 함께 옥순이도 배에 올랐다

결과적으로 군인들은 우리 배가 포항에 도착할 때까지 여러 가지를 도와준 고마운 분들이었다. 군인들은 비상식량을 꺼내 우리들에게도 나눠줬는데 바나나도 처음 먹었다.

배는 동해안 연안을 따라 내려갔다. 한번은 원산 앞바다에 잘못 들어갔다가 갑자기 기관총과 다발총이 배 가까이 쏟아져 선장이 놀라 배를 돌리는 위험한 일도 있었다. 선장은 원산이 이미 인민군에게 함락 된 것을 몰랐으나 군인들이 알려주어 위기를 모면했다.

원산 앞바다에서는 초저녁부터 북한 장진호 쪽으로 5척의 군함이 함포 사격을 계속하는 것이 우리 앞에 펼쳐졌다. 굉음의 대포소리와 번개 같은 불꽃이 멀리에서도 뚜렷하게 보여 무서움을 주었다.

어느 저녁에는 별이 환하게 떠 있었는데 갑자기 배위로 소낙비가 쏟아지기 시작해 깜짝 놀랐다. 알고 보니 바로 40여 마리나 되는 많은 고래 떼들이 배 옆을 지나가며 물을 뿜어댔기 때문이었다.

저녁이면 군인들은 별을 보거나 나침반을 이용해 남쪽으로 가는 항로를 선장에게 알려주기도 했다

배는 사진에서 보던 아름다운 해금강을 지나 기름을 넣기 위해 묵호에 도달했다. 묵호항은 조그만 어촌이었다. 항구에 크리스마스트리가 세워져 있었으며 오색등으로 아름답게 반짝이고 있었다. 이를 본 군인들이 "오늘이 바로 크리스마스 이브"라고 알려 주었다.

다음날인 크리스마스 12월 25일 새벽 배는 포항 앞바다에 도착했다. 그러나 배가 항구를 잘못 들어 항구 옆 모래톱에 배가 걸려 침몰 위기가 몰려 왔다.

군인들은 카빈총으로 SOS 신호를 보내고 배에 탄 사람들은 탈출을 준비하기 위해 구명조끼를 만들거나 배의 널빤지를 뜯어 하나씩 가지게 했다. 만약에 배가 침몰해 물에 빠질 경우 널빤지를 붙잡고 물에 떠 있어야 했기 때문이었다.

실제로 배가 더 기울어 몇 명이 물에 떨어지기도 하자 한쪽에서는 살려 달라고 소리치거나 기도하는 사람들도 있는 등 갑자기 배는 아비규환으로 변했다.

그러나 기적적으로 배가 침몰하기 직전 경비정이 달려와 사람들을 구조하고 배를 견인해 모두 무사히 포항 항구에 입항 할 수 있었다.

제 **2** 부

자라고 성장한 제 2고향 한국

PART 5

포항의 기적

우리 일행은 내가 가진 돈이 있어 우선 포항의 한 여관집에 머물렀다. 나는 매일 부둣가에 나가 아버지와 가족이 오는 것을 기다렸으나 오지 않았다.

일주일이 지나자 옆집 아저씨가 돈을 달라고 요구했다. 나는 아버지가 준 3만원이 당시에 매우 큰돈이어서 잠잘 때도 도둑맞거나 뺏기지 않으려고 가슴에 꼭 품고 잤다.

옆집 아저씨 요구에 우선 가진 돈의 반을 주었다. 그러나 2달 반 후에 아버지를 다시 만날 때까지는 결국 모든 돈을 뺏기고 말았다.

아버지를 다시 남한에서 만난 것은 정말 기적이었다. 그때는 음력 설날쯤이어서 매우 추운 날이었다. 그날 저녁 꿈에 아버지를 만났다. 꿈에서 아버지를 찾으러 부둣가로 갔는데 중앙시장을 거치고 초등학교를 지나 다리를 건너야 했다. 그리고 다리 건너 집들이 있는 동네의 왼쪽 3번째 전봇대에서 아버지를 만났다.

꿈에서 깨어난 후 옆집 아저씨에게 "아버지를 찾으러 나가겠다"고 말했다. 옆집 아저씨는 진짜 인줄 알고 놀래서 같이 가자고 했다. 내가 꿈에서 만났다고 했더니 부인이 "애들 개꿈 듣고 추운데 어딜 나가느냐"고 못나가게 했다.

혼자라도 나가려고 여관 문을 여니 추워서 문이 얼었는지 열리지 않았다. 문을 마구 두드리니 여관 주인이 나와 문을 열어주었다. 옆집 아저씨도 할 수 없이 같이 가자고 해서 함께 여관을 나섰다.

어릴 적 우리 가족과 친지 사진.

오전 10시쯤이었다. 꿈처럼 다리 건너 집들이 있는 동네에 도달했다. 꿈에 본 전봇대 간의 거리는 50미터씩으로 세 번째 까지는 150미터 거리인데 두 번째 100미터 지점에 도달해도 앞에 아무도 보이지 않았다.

그런데 아버지가 정말 3번째 전봇대에서 백팩을 지고 걸어오는 모습이 보였다. 정말 기적 같은 현실이었다. 너무 반가워 달려가 아버지 품에 안겨 기쁨의 눈물을 흘렸다. 여관에 도착하니 옥순이도 반가워 울었다.

아버지는 사실 한달 전에 포항에 도착했고 나를 찾기 위해 그동안 나처럼 부둣가에서 찾고 있었다고 했다.

가족과 함께 월남하려다 다리를 건너지 못해 다시 집으로 돌아간 아버지는 집에서 만든 곡주 술 맛에 반한 미군과 친하게 되었다. 이 미군이 1.4후퇴 철수를 준비 하던 중 아버지를 찾아와 쓰리쿼터로 가족을 흥남까지 바래다 줄 수 있다고 말했다.

미군은 집에 술이 몇 병 있느냐며 술 한 병에 한 명씩 태워줄 수 있다고 했다. 아버지가 2병을 가지고 오자 미군은 "술이 더 없느냐?" 라며 2명밖에 태워줄 수 없다고 말했다. 아버지가 아무리 찾아봐도 술이 없다며 대신돈을 주겠으니 가족을 다 태워달라고 간청했으나 미군은 거절하고 2명밖에 태울 수 없다고 했다.

할 수 없이 아버지는 다른 자식들을 두고 부부 2명만 갈 수 없어 일단내 걱정으로 차를 탄 것이었다. 이번에도 어머니는 동생들과 함께 집에 남아야 했다.

아버지는 어머니 대신 국군에게 협조했기 때문에 북한군이 들어오면 처형당할 수 있는 동네 반장 안씨를 불러 둘이 같이 차에 탔다. 안씨도 다른가족은 그대로 둬야 했다. 그 후 안씨는 아버지가 생명의 은인이었다고 감사했다.

물론 무슨 사정이 있겠지만 그 때 미군이 우리 가족을 모두 태워주는아량을 베풀었다면 남한에서 가족 모두 만날 수 있었다는 아쉬움이 지금까지 북한에 가족이 있는 이산가족인 나에겐 통한으로 남아있다.

아버지가 미군들과 몇 달 동안 거래를 했을 정도로 친했는데 위기의 순간에도 술 한병을 사람 목숨 한명과 바꾸려던 미군들은 정말 비인간적이었다고 분개되었다.

아버지를 기다리는 동안 가지고 있던 돈이 다 떨어졌으나 다행히 아버지가 가지고 온 돈이 있어 우리는 여관을 나와 중앙시장에 있던 식당이 딸린여인숙을 구입하고 북한에서 가족이 오기를 기다리며 당분간 살아야 했다.

그러나 전시 상황이 남한에 불리해져 북쪽까지 진격했던 국군이 다시퇴각하기 시작하자 우리는 상륙정인 LST를 타고 여수로 내려갔다. 원래배를 탈 때는 부산으로 간다고 알았으나 전쟁 상황으로 여수로 변경 되었다.

PART 6

여수 생활

　아버지와 나 그리고 옥순이가 탄 LST에는 수많은 피난민들이 타고 있었다. 여수항에 도착했는데 당시 여수는 한산한 항구였고 특히 여순 반란 사건과 진압으로 인한 폭격까지 있었는지 건물들이 많이 파괴되고 황폐화되어 있었다.

　배가 떠나고 피난민들도 모두 배에서 내려 어디로 흩어졌으나 우리 3명은 그대로 남아있어야 했다.

　관계자가 어느 분이 모시러 오니 기다리라는 것이었다. 조금 있다가 자가용 차가 도착하고 한 사람이 내렸다. 아버지에게 와서 공손하게 인사를 했다.

　알고 보니 여수에서 3번째로 높은 지위인 어업조합장인데 곽씨이기 때문에 아버지가 삼촌뻘 되는 친척이라고 반가워했다. 사실 곽씨는 현풍 곽씨 하나이기 때문에 모두가 친척이라고 할 수 있다. 북한에 살 때는 곽씨를 볼 수 없을 정도로 드물었다.

　곽 어업조합장이 경찰로부터 수송자 명단에 아버지와 나 2명의 곽씨 이름을 발견하고 반가워 일부러 만난 것이었다. 낯선 여수에 도착했으나 곽씨 집으로 초대되었고 가족의 환대를 받고 맛있는 음식도 대접받았다.

　당시 그 집 마당에 갈치를 말리는 것을 처음 보니 낯설었는데 실제 먹어보니 맛도 있어서 지금도 기억에 진하게 남아있다.

　곽 조합장은 그 후에도 아버지를 삼촌으로 여기고 우리를 많이 도와주신 좋은 분이었다.

그의 형님은 큰 여관을 운영했었으나 여순 반란 사건 이후 폐업하고 여관방을 월세로 임대해 주고 있었다. 우리에게는 월세를 받지 않았을 뿐만 아니라 식사도 같이 하는 등 친 가족처럼 잘 대해준 고마운 분이었다. 그래서 여수에 대해서는 참 좋은 인상을 가지고 있다.

여수에서 '여수동국민학교(초등학교)' 5학년으로 진학했다. 동네 인근에는 유명한 '진남관'이 있어 이곳에서 놀며 좋은 시간을 가졌다. 여수 진남관은 이순신 장군이 임진왜란 당시 전라좌수영의 본영으로 삼았던 조선시대 수군의 중심 기지였다.

여수 앞 바다의 섬들이 보이고 여수 동네도 보이는 아름다운 곳이어서 어린 우리들에게는 좋은 놀이터였고 아름다운 여수의 인상이 남은 곳이었다. 여수 진남관을 생각하면 당시 심술 많은 개구쟁이였던 나보다 한 살 위인 이도영이란 학생을 잊을 수 없다.

중학교를 가기위해 1951년 9월1일 학제 개편에 따라 6학년을 6개월 다니고 1952년 2월에 중학교 입학 전국 국가고시 시험을 봤다. 시험을 보는데 "경주 불국사를 지은 사람은 누구인가?" 라는 문제가 있었다. 답이 김대성이라는 것은 너무 쉬워서 어려운 문제부터 풀고 나중에 그 답을 쓰려고 했다.

그러나 어려운 문제들을 풀고 다시 그 문제를 보니 김대성이라는 답이 생각나지 않아 결국 쓰질 못했다. 그 때를 생각하면 두고두고 후회하고 있다. 그 후에 시험을 볼 때면 먼저 쉬운 것부터 풀어야 한다는 교훈을 얻게 되었다.

당시 북한에서 알기로는 전국에서 유명한 학교는 경기 중학교와 광주 서중 이었다. 이 학교들은 북한에서도 명문으로 알려져 있어 나는 여수 학교들도 있었지만 광주 서중에 진학하기를 원했다.

마침 광주에 이석형이라는 외가 5촌이 되는 친척이 있어 아버지는 나와 함께 광주에 있는 그를 찾아갔다. 그는 우리를 광주서중학교 교정으로 데려가 구경시켜주고 합격하면 졸업할 때까지 도와 줄 터이니 열심히 공부하라고 당부했다.

　광주서중에 들어가기 위해 시험공부를 열심히 했다. 밤에 공부하다가 잠이 오면 눈 아래 안티플라민을 발랐다. 그러면 눈이 너무 따가워 잠을 잘 수 없을 정도였다. 그때부터 지금까지 보통 4시간 이상 자지 않는 습관이 생겼다.

　시험을 치렀는데 여수 신문에 광주 서중 합격자 기사가 나왔다. 광주서중에 지원한 5개 여수 초등학교 학생 12명 중 2명만이 합격했고 그 중 한 명이 '여수동국민학교(초등학교)'의 곽종세라고 보도되었다.

　나는 매우 기뻐 학교에 등록을 하려 했다. 그러나 당시 아버지는 혹시 어머니와 외삼촌 등 가족이 내려오지 않았나 하고 포항, 부산 등을 찾아 다니느라고 장사를 하지 않아 등록금 마련이 어려운 실정이었다.

　아버지와 나는 합격하면 졸업 때까지 도와주겠다는 광주 외삼촌을 찾아 갔으나 예전과 달리 빈집이었다. 집을 지키는 사람에게 물어보니 극비사항으로 부산으로 이사 갔다고 했다.

　등록금을 마련 할 수 없자 할 수 없이 광주서중을 포기하고 여수 서중에 등록했다. 학교는 성적이 광주서중에 합격했을 정도로 좋았기 때문에 1년 등록금까지 면제해 준다고 했다.

　그러나 이것도 거짓말로 불과 1학기 만 면제 되었다. 그 후 아버지가 부산에 친구와 동업하며 살 집도 마련했다고 해서 다시 부산으로 이사해 부산 함남 중학교를 다니고 졸업했다.

PART 7

부산 생활과 아버지 재혼

부산에서 중학교에 다닐 때 아버지는 친 외삼촌을 만나 깡통장사 군납 사업을 하였다. 깡통장사란 깡통을 파는 것이 아니라 미군 부대에서 나오는 통조림을 파는 장사인데 당시 통조림에는 생선, 고기뿐만 아니라 커피, 우유까지 다양하게 많았다.

이어 아버지는 깡통장사를 그만두고 수입이 더 좋은 콩나물 공장을 만들어 동래에 있는 육군훈련소에 콩나물 군납 사업을 했기 때문에 우리는 조그만 판잣집에서 벗어나 기와집을 마련하고 자동차도 샀을 정도로 살림이 좋아졌다.

당시 한국은 전쟁 휴전 후 남북이 완전히 분단되어 북한에 남아있던 어머니와 가족은 더 이상 만날 수 없는 비극의 현실이 되었다. 이로 인해 아버지는 내가 중학교 3학년 때 재혼을 했다.

고마운 것은 재혼 여성을 고를 때 항상 먼저 내가 좋아하는 지를 물어보았다. 만나는 재혼 대상 여성들은 전부 이북출신이었고 아이들도 2-4명까지 딸린 경우가 대부분이었다.

당시 30대 후반이었던 아버지는 8살 어린 과부인 권경자씨와 재혼을 했다. 마산 여중 교사를 했고 남편은 6.25전쟁 때 북한군에 납북 되었으며 아이는 없다고 했다.

그러나 결혼 후 6개월이 되니 6살 정도 되는 딸 하나를 데려왔다. 또 5개월 후에는 4살 딸을 전 남편 자식이라고 데려왔다. 고향의 고모는 "처음부터 전쟁으로 자녀 있는 홀어미라고 이야기를 했어도 이해할 수 있었는데 왜 거짓말을 했느냐"며 크게 꾸짖었다. 그래서 두 딸 중 하나만 호적에 올려주었다.

워낙 착하신 아버지는 재혼한 새어머니와도 좋은 가정을 이뤄 서울에 살 때 딸 3, 아들 1명을 더 낳았다.

아버지는 새 엄마의 남동생 친구를 회사 직원으로 채용했는데 그만 그에게 사기를 당해 군납 사업을 접게 되었다.

PART 8

가출

부산에 살 던 중학교 3학년 때 아버지와 다투고 가출을 했다. 당시 나는 공부를 하는 가운데도 하루 1 권 정도로 책을 많이 빌려와 읽었다.

지금처럼 비디오나 게임기도 없었기 때문에 세계 명작집을 비롯해 세계 위인전, 삼국지, 수호지 등 다양한 책을 많이 읽었다.

어느 날 저녁에도 집에서 공부를 하는 체 하며 재미있는 김내성 저자의 탐정 소설을 읽고 있었다. 이때 불쑥 아버지가 방문을 두드려 소설책을 노트 밑에 감추고 공부 하는 척 했다.

아버지가 "너 뭐하고 있느냐?" 물어 "공부하고 있습니다" 라고 거짓말 했다. 그러나 이를 눈치 챈 아버지는 순간적으로 노트를 탁 치우더니 밑에 있는 소설책을 꺼내 북-찢어버렸다.

그러면서 "너 공부 안하고 소설책만 보냐"고 소리쳤다. 나는 "선생님이 읽으라고 한 좋은 소설책이고 빌려온 건데 왜 찢느냐?" 라며 대들었다.

아버지는 "너 좋은 고등학교 가려면 공부해야지" 라고 다짐시키고 방을 나갔다. 그것으로 끝난 줄 알았다.

다음날 아침 8시쯤 방에 있는데 새 엄마의 첫째 딸이 밖에서 아버지가 찾는다며 불렀다.

뒷마당에 나가보니 아버지가 있었는데 대뜸 아궁이에 있던 부삽을 들고 갑자기 내 어깨를 때리기 시작했다. "왜 때려요" 소리쳤으나 대꾸도 없이 무조건 때렸다.

부삽으로 아프게 맞으면서 아버지가 계모를 얻어서 계부처럼 되었기 때문에 미워한다는 생각이 들었다. "호미도 연장인데 낫같이 들지 않는다"라는 말도 생각이 났다. 아버지도 부모이지만 어머니같이 사랑하지는 않는다는 뜻이었다.

아버지가 부삽으로 어깨를 때리자 본능적으로 팔로 어깨를 막고 있어서 심하게 아프지는 않았으나 그만 쇠로 만든 부삽의 손잡이 이음새가 부러졌다. 그때서야 아버지는 깜짝 놀라 미안하다고 말했다.

맞았다는 아픔보다 아버지가 새 엄마를 얻고 새 딸까지 생겼기 때문에 더 이상 나를 좋아하지 않는다는 생각이 들어 아버지에 대한 미운 감정이 그만 폭발했다.

그날 저녁 책가방과 옷가지 그리고 세면도구 등을 가지고 바로 집을 나갔다. 간곳은 부산 충무로에 있는 고모 집이었다. 친 고모는 아니었지만 워낙 우리와 가까운 고향분이어서 친 고모로 믿었던 좋은 분이었다.

고모에 따르면 함흥에 곽씨가 두 집 밖에 없었는데 아버지가 6살이 어려 누나, 동생으로 부르고 명절에는 두 집 식구들이 같이 모였기 때문에 우리들은 친 고모인줄 알았다.

고모는 냉면 식당을 하며 고 3학년인 아들이 있었고 2층에 방 2개가 있어 내가 신세를 질 수 있다고 생각했다. 고모는 "왜 집을 나왔느냐? 무슨 일이냐?"고 물었지만 아무 일 없다며 고모 식당에서 일을 도울 테니 당분간 집에 머물게 해달라고 부탁했다.

허락을 받고 고모 집에서 학교를 다니고 학교에 갔다 오면 식당에서 냉면 국수 반죽하고 누르는 것 등을 도와주었다.

그러나 고 3인 큰 아들은 나를 반가워하지 않는 눈치였다. 며칠 후 아버지가 찾아왔으나 만나지 않겠다고 우겼고 아버지도 강제로 끌고 가지 않았다.

어느 날 국수 반죽을 하는데 누가 불렀다. "종세야, 종세야, 형이 밖에서 싸우는데 나가보라"

깜짝 놀라 나가보니 형이 같은 또래 2명에게 맞고 있었다. 나는 달려가서 배운 유도 솜씨로 그들을 쉽게 물리쳤다. 이를 본 형은 "언제 유도를 배웠느냐?" 놀라고 그때부터 태도가 달라졌다. 형은 어머니에게 식당 일을 시키지 말라고 부탁하고 자기 방도 같이 쓰자고 제안했다. 입던 옷도 주는 등 아주 형제처럼 잘 해주었다.

고모 네가 서울 수복 후 서울로 다시 이사 갈 때까지 1년 동안을 고모 집에 살았다. 함남 고등학교 1학년이었을 때인데 아버지는 고모가 서울로 떠나는 것을 알고 다시 찾아와 돌아올 것을 요청했으나 또 거절했다.

아버지는 새 엄마를 중매한 김준환씨에게 부탁을 했는지 김씨가 찾아왔다. 그는 서면에서 약국을 하고 있었는데 자기 외아들인 기철이를 가정교사 해주고 약국에서 1년만 도와준다면 대학 등록금까지 대주겠다고 말했다.

좋은 조건이고 이제 고모도 서울로 이사가기 때문에 감사하게 이를 수락했다. 김준환씨 집에 살면서 낮에는 약국에서 일해야 했기 때문에 밤에 야간 고등학교를 다녔다. 서면 일대의 동아일보, 국제신문을 배달하는 보급소에서도 책임자로 일해 신문 배달원들에게 신문을 나눠주고 수금하는 일까지 하였다.

김준환씨는 육군 중령 출신 상이군인으로 나를 자식처럼 대해주고 많이 도와주어서 아버지 보다 더 존경했다.

그는 대학은 자신처럼 약대에 가라고 권했다. 그러나 당시 D 약대는 2차 시험이었기 때문에 1차인 부산 의대에 시험을 보아 합격했다. 시험 후 학교 담임선생님은 야간 고등학교에서 부산 의대에 합격한 것은 5년 만에 처음이라고 기뻐했다. 그러나 실제로 의대 갈 생각은 없었고 단지 내 실력이 어느 정도인가를 알고 싶었기 때문에 의대 시험을 본 것이었다. 약대보다 훨씬 비싼 의대 등록금은 마음 좋은 김준환 아저씨에게도 어려운 형편이었다.

어느 날 우연히 김씨 아저씨가 누구와 이야기 하는 것을 들었다. 나를 의대 다니게 하려면 누구 집에 데릴사위로 보내는 것이 좋을 것이라는 말이었다.

데릴사위는 사위가 처갓집에 들어가 사는 제도여서 평소 나쁜 인상을 가지고 있었고 혐오까지 했었다. 이 말에 충격을 받고 정들었던 김씨 집을 떠나 서울로 간 고모 집을 찾아가기로 했다.

친구인 윤덕호에게 부탁해 내 대신 약국에서 일하게 하고 이틀 후 아저씨에게 "정말 신세 많이 지고 떠나갑니다. 정말 고맙습니다"라는 편지를 남기고 서울로 떠났다. 이렇게 갑자기 서울로 떠나는 바람에 고등학교 졸업식에도 참석치 못했다.

PART 9

부산의 삼총사

아버지 집에서 가출해 부산 고모 집에 살 때 학교를 다녀오면 고모가 운영하는 냉면 집에서 국수를 반죽하고 누르는 등 일을 도왔다. 새로 들어온 계모보다 고모가 더 좋다는 생각으로 일을 열심히 했다.

하루는 냉면집에서 일하는 중학교 3학년이 대견했는지 30대 초반으로 보이는 건장한 어떤 아저씨가 "너 어떤 중학교 다니느냐? 내가 누군 줄 아느냐?" 라고 물었다.

그는 자기가 로터리 근처에 있는 체육관 관장이라며 한번 찾아오라고 했다. 며칠 후 체육관을 찾아가 보니 택견, 복싱 등을 가르쳐 주는 종합 도장이었다.

나는 중학교 3학년이지만 이미 영일, 영길, 영환 외삼촌 3명으로부터 유도, 복싱을 배웠고 영길 외삼촌은 복싱 대표 선수일 정도이었다.

이곳에는 유도가 없어 복싱을 배우기 시작했다. 처음에는 기본 동작을 배우고 다음에는 다른 사람 시합 구경을 하다가 실제로 고등학생 등 다른 사람들과 권투 연습 시합을 했다.

그럴 때마다 관장은 내가 얼굴을 안 맞으려고 너무 얼굴을 카버하고 있다며 때로는 얼굴을 맞더라도 글러브를 떼야 상대방을 공격할 수 있다고 가르쳐 주었다.

어느 날 관장이 가르쳐 준다며 한번 연습 시합을 하자고 했다. 시합 도중 관장에게 얼굴을 맞아 코피가 터졌다. 글러브에 코피가 묻은 것을 본 나는 갑자기 화가 나서 글러브와 손의 붕대를 벗고는 유도로 싸우기 위해 관장을 붙잡으려고 달려들었다.

관장이 놀라며 "야– 야 내가 잘못했다" 사과해 싸우지 않고 그만 두었다.

이때 이를 본 한 학생이 내가 다니는 중학교의 김 모 학생을 아느냐며 아주 싸움 잘하고 좋은 학생이라고 소개했다.

다음날 학교에 갔더니 평소엔 몰랐던 김 모 학생이 내 소문을 듣고 먼저 아는 체 해주었다. 이후부터 나와 김 모, 그리고 학급 반장이었던 한 모 학생 3명은 알렉상드르 뒤마 소설 삼총사처럼 친해졌다.

사실 다른 두 명은 중 3이지만 실제로는 고 3일 정도로 나이가 나보다 3살이나 더 많았다. 그러나 중 3때 내가 큰 편이어서 체격은 서로 비슷했다.

중 3, 고1 학생들 세계에서는 우리를 '충무로 3총사'라고 부르고 제일 적은 나는 달타냥 별명이 붙었다.

하루는 김 모 집에 가보니 부산 시내가 다 내려다보이는 전망 좋은 곳에 있는 처음 보는 일본 야쿠자 가옥이었다. 그의 부모가 재일 교포여서 일본에서 태어나고 학교에 다니다 중 1학년 때 한국에 왔는데 한국말과 일본말을 다 잘했다. 부모는 일본에 있고 집에는 이모와 함께 있었다. 둘은 일본말을 쓰고 우리에게 통역을 해주기도 했다.

나는 김 모 친구로부터 야쿠자 식 싸움하는 법을 배웠다. 상대방을 공격할 때 처음에는 친한 척하고 얼굴에 성을 내는 표정도 없이 가까이 갔다가 갑자기 기습 공격하고 기선을 제압하는 방법이었다.

외삼촌 3명에게 운동을 배웠지만 그에게 배운 것에 비하면 아무 것도 아니었다.

당시 부산에 있던 우리 중학교는 피난 학교였기 때문에 현지 출신 학생들은 38선을 넘어온 우리 피난 학생들을 "38따라지" 라고 놀리거나 때리는 등 괄시를 많이 한 시절이었다.

우리 충무로 삼총사 3명은 깡패는 아니고 이처럼 피난 학생들을 괄시하거나 때리는 나쁜 학생들이 있을 경우 찾아가 혼을 내줘 부산 시내에 안 가본 곳이 없었고 그만큼 소문도 났다.

언젠가는 밀수로 유명한 영도 지역 깡패들에게 우리 학교 학생이 맞았다는 소리를 듣고 우리 3명 등 6명이 버스를 타고 그곳으로 갔다. 그곳에서도 중학생 6명이 나와 우리와 싸움을 벌였다. 그러나 우리 적수는 아니었다.

그 후에도 그곳에서 여러 차례 싸움을 벌였다. 그들은 나중에 고등학교 학생들까지 참가시켰으나 항상 우리가 이겼다.

40년 전 타코마에서 아들 셋을 태권도 사범으로 키운 이정은 태권도 관장이 있었다. 내가 당시 체육회장을 했을 때 그는 부회장이었다. 그에게 어떻게 태권도를 하게 되었느냐고 물었더니 자신이 부산 영도 출신인데 거기에서 싸움 잘하는 고교생들이 상대방 중학생들에게 지는 것을 보고 태권도를 배우기 시작했다고 말했다.

바로 이정은 관장이 우리 3총사 시절에 싸웠던 영도 지역 학생이었는데 나는 "내가 그때 싸움하던 중학생 이었다" 라고 말할 수 없었다.

왜냐면 내 평생 싸움은 부산 피난 시절 중3-고1 시절이 95%였고 다시는 싸움을 하지 않았기 때문이었다.

나머지 5%도 군대에 있을 때나 젊은 시절에 길을 가다가 폭행을 당하는 사람을 보면 간섭해 도와준 것이었다.

지금도 생각해보면 삼총사 시절 친구 2명이 아주 고맙고 보고 싶으나 지금 연락이 되지 않아 아쉽다. 들리는 말로는 김 모 친구는 일본 유명 야쿠자와 함께 사업을 한다는 소리를 들었는데 사실인지 모르겠다.

PART 10

서울 고모집

서울 고모 집에는 연세대 전신인 연희 전문학교에 다니는 형과 누나가 살고 있었다.

이관옥 누나는 북한에서도 피아노를 했는데 어릴 적 두부공장을 하던 고모 집 가까이 가면 피아노 연주 소리가 들리기도 했다.

나는 부산에서 대학 의대에 합격했으나 등록금도 없고 데릴사위 말까지 나와 그곳을 떠나 서울 고모 집에 왔다는 말을 하지 못했다. 워낙 마음 좋은 고모는 나를 그냥 머물게 했다.

그곳에서 1달 반가량 살면서 대학 졸업하는 형의 논문을 고교 졸업생인 내가 써주기도 했다.

형 졸업식에 축하하러 갔을 때였다. 세스나기 한 대가 축하하기 위해 하늘을 선회하다가 꽃다발 하나를 지상으로 떨어뜨렸다. 많은 사람들이 꽃다발을 잡기위해 떨어지는 곳으로 좇아갔다.

그러나 나는 바람이 불기 때문에 꽃다발이 떨어지는 지점이 반대 방향이라고 생각하고 뒤로 물러났다가 마지막 순간에 다른 사람 어깨를 붙잡고 점핑해 꽃다발을 받아 형에게 전달했다. 그 순간이 많은 카메라에 찍혀 신문에 나기도 했다.

서울에서는 1년을 재수해서 다시 대학에 들어가기위해 남산 도서관에서 공부를 했다. 여기에서 역시 재수를 하고 있던 마산고, 청주고 출신 학생 2명과 이야기를 했다. 이들은 지방에서 올라와 둘이 자취를 한다고 말했다.

나도 부산 약국에서 일하며 받은 용돈을 안 쓰고 모아 놓은 것이 있었기 때문에 같이 자취할 것을 요청해 3명이 후암동 일본집에서 경비를 분담하고 자취를 해서 고모 집을 나왔다.

우리 셋은 낮에는 도서관에서 공부하면서 저녁에는 종로 2가 EMI 학원에 다녔다. 많은 재수생들이 몰려 학원 수강료도 비쌌고 안형필 원장, 이지흠, 정경진 수학 강사, 곽판주 화학 강사가 기억난다.

2달 쯤 되었을 때 학원에서 장학생 모집 시험을 본다는 공고가 붙었다. 야간 고등학교이고 3류 고교 출신이라는 생각에 자신이 없었으나 응시료가 없어 밑져봐야 본전이라는 생각으로 시험을 쳤다.

다음 주 발표가 나왔는데 시험 본 50명 중 합격한 5명에 내 이름이 나왔다. 우리 3명 중 나 혼자 합격했다.

1년 기간인 장학생이 되니 마음대로 원하는 과목을 수강할 수 있었다. 원장은 집에서 장학생들에게 저녁 식사 대접을 해 줄 정도였고 진학 상담도 해줘 아주 큰 도움이 되었다. 그 대신 우리는 학급에서 수강생을 확인하는 등 학원 일을 도왔다.

학원 6개월 쯤 곽판주 고려대학교 교수의 화학 강의를 들었다. 수업시간에 곽교수는 칠판에 화학 기초를 쓰고 풀어볼 사람이 있으면 손들라고 했다. 여러 학생들이 손들고 대답했으나 모두 틀렸다.

제일 뒤에 앉아 있던 나는 마침 아는 답이어서 문제를 풀었다. 고교 시절에 화학과 생물을 좋아해 공부를 열심히 한 것이 도움이 되었다.

곽교수는 나에게 "자네 이름이 뭔가?" 하고 물었다. "곽종세입니다"라고 했더니 칭찬은커녕 오히려 화를 내며 끝나고 교무실로 오라고 했다.

교무실에 갔더니 곽교수는 "같은 곽씨 종씨인데 진작 왜 인사하지 않았느냐?" 라며 내 형편을 묻고 어느 대학으로 갈 것인지 물었다.

나는 부산에서 의대에 합격했으나 등록금이 없고 데릴사위도 싫어 서울 고모 집으로 왔다가 현재는 자취하고 있고 장학생으로 학원에서 파트타임 일을 하고 있다고 설명했다.

곽 교수는 현재는 좋은 대학교에 가도 취업이 힘들다며 2년제 사범대학에 가면 등록금도 절반이고 교사로 100% 취직이 된다며 사범대를 권유했다.

학원 11개월이 되던 어느 날 갑자기 누가 찾아왔다고 해서 나가보니 고모뻘 되는 부산 약국 사장님의 여동생이었다. 고모는 자신이 현재 서울에 살며 종로 2가에 제과점과 공장을 운영하고 있는데 자기 집에 숙식하며 1년만 도와주면 대학 등록금을 대주겠다고 제안했다.

이 경우 대학 1년 진학이 또 늦어지지만 조건이 좋아 승낙을 하고 바로 학원도 그만두고 자취방에서 고모 집으로 들어갔다.

처음에는 종로에 있는 빵 공장에서 빵, 과자, 계란 등 4상자를 자전거에 싣고 영등포 대방동에 있는 공군 본부 휴게실에 납품하고 수금을 하는 일이었다.

자전거로 종로에서 한강 다리를 건너 영등포까지 가는 길은 1시간 이상이 걸리는 먼 거리였고 힘이 들어 다리에는 근육이 많이 생기기도 했다.

중요한 업무는 돈을 받는 것이었다. 나중에 알았지만 약국 사장님과 고모가 돈 문제에서 나를 신뢰할 수 있는 사람으로 믿게 된 일이 있었다.

부산 약국에서 일하던 어느 날 내 책상에 금반지 하나가 떨어져 있었다. 그것은 내 것도 아니고 아들 기철이 것도 아니었다. 바로 기철 어머니에게 이야기 하고 반지를 돌려주었다. 약국 주인이 약국에서 돈 계산을 해야 하는 나의 정직성을 시험한 것이었다.

중학 3년 시절 삼총사였던 김 모 친구에게 이미 야쿠자들이 어떻게 조직원들의 정직성을 테스트 하는 지를 들었다. 그들은 일부러 좋은 물건을 떨어뜨린 후 이를 바로 돌려주는 조직원을 믿는다고 했는데 그 말이 생각이 났다.

제과점은 사업이 번창해 종로에서 세종로로 옮겨 '프린스 제과'점을 새 스타일로 개업했다. 이어 서울 역 앞에 2호점도 오픈했다.

제과점 사업이 번창하자 이젠 배달은 하지 않고 매니저가 되어 공장과 제과점 경영 상태를 보고하고 점검하는 쉬운 일을 맡았다.

1년 동안 일을 하면서도 대학 진학 꿈은 버리지 않고 공부도 열심히 하였다. 그리고 드디어 대학 입시 시험 날이 되었다.

그때 부산 같은 반 졸업생인 이락희 라는 친구를 제과점에 취직시켜 제과점에서 같이 자고 있었다. 새벽에 제과점과 밖에 있는 창고 사이 골목에서 무슨 바스락 거리는 소리가 들렸다. 시계를 보니 새벽 2시였다. 도둑이 들었다고 직감하고 친구를 깨워 창고 쪽으로 나가보니 문이 열려 있었다.

가지고 간 손전등을 비추니 한 사람이 있었다. 두 명이 달려들어 도둑을 붙잡았다. 그가 반항하자 나는 팔을 꺾어 잡았는데 몽둥이를 들고 달려든 친구는 도둑놈 다리를 때린다는 것이 내 다리를 때려 아파 소리를 질렀다.

도둑을 잡아 서울역 파출소에 데려가니 경찰은 조서를 꾸며야 한다고 나를 내보지 않았다. 오늘 대학 시험 치는 날이라고 했는데도 아침 7시까지 내보내지 않았다.

고모에게 연락했더니 고모부가 빵 등 뇌물을 주었는지 그때서야 풀려났고 부리나케 시험장으로 달려갔다.

이처럼 제과점에서 1년 동안 고생을 하고 받은 돈과 가정교사 등으로 번 수입도 있어 고모 집에서 나와 독립을 하고 1960년에 곽판주 교수님이 적극 추천한 2년제 사범 대학인 '서울 문리 사범대학'에 입학하였다.

뒤돌아보면 북한에서의 피난시절과 고생으로 중학교와 고등학교 모두 1년을 다니지 못하고 시험을 쳐서 졸업을 하고 대학 진학도 몇 년 후에 이뤄질 수 있었다.

한편 EMI 학원에 다니는 시절 나는 폐병 2기라는 중병에 걸리기도 했다. 어느 날 가래를 뱉어보니 침에 구슬 같은 선홍색 피가 보였다. 병원에서 진단을 받아보니 폐병 2기라는 것이었다.

내 대신 부산 약국에서 일하고 있는 윤덕호에게 편지를 써서 치료약을 좀 보내 줄 것을 부탁했다. 그 약국은 당시 미군부대에서 약들을 구했기 때문에 좋은 약들이 많았다.

편지를 받은 친구는 김준환 사장님에게 이야기 했고 사모님이 나에게 빨리 부산에 내려와서 치료받으라고 연락을 했다.

부산 약국에 내려가니 김사장님은 약을 주며 몸이 편찮았던 부인과 함께 부산에 있는 어느 절 암자에 가서 3개월 정도 치료를 하라고 권했다. 이와 함께 우리 둘을 식사 등으로 돌볼 사람도 함께 보내주었다.

다행히 암자에서 5개월 정도 약 먹고 요양하니 다시 건강이 회복되었다. 부산 약국 김사장님과 가족들에게 지금도 감사하는 마음이다.

PART 11

서울 문리 사범대학

우리 집에는 서울 문리 사범대학 친구인 서예가 초정 권창륜이 쓴 "꽃씨 뿌리는 마음" 대형 액자가 걸려있다.

'서울 문리 사범대학'은 2년제 사범 대학이어서 졸업 후에는 내가 중앙대학교에 편입한 것처럼 대부분의 학생들이 4년제 대학으로 편입했다.

이 대학은 경쟁률이 13대 1일 정도로 매우 입학이 어려웠다. 졸업을 하면 초등학교 및 중교사 자격증을 딸 수 있고 4년제로 편입하면 고교 정교사 자격증을 받기 때문이었다.

일부 학생들은 1년 후에 다시 시험을 쳐서 서울대 등에 진학하기도 했다.

이 대학은 아쉽게도 내가 졸업한 후 1년 만에 다른 대학으로 넘어가서 현재는 존재하지 않지만 당시 이 대학 출신들은 각 분야에서 두각을 나타 낸 사람들이 많다.

그때 사귀었던 친구들을 졸업 후에도 만나 좋은 관계를 갖게 되어 이 사범대학을 지금도 자랑스럽게 여기고 있다.

대학 1학년 때 영남 학생들로 구성된 '영남 학우회' 회장으로 선출되었 다. 나는 이북 출신이지만 당시는 피난민들이 경상남북도에 많이 살았기 때문에 같은 영남 출신으로 인정했다.

대학은 주간과 야간 대학에 1,000명의 학생들이 있었고 주간 대학에는 600명이 있었다. 1학년 학생 중 영남 출신이 200명이 있었다. 친구들의 추 천을 받은 나를 포함해 4명이 회장으로 입후보 했고 내가 당선되었다.

대학 1학년 때인 1960년 4.19 혁명이 일어났고 내가 주모자가 되어 우리 대학도 적극 참가했다.

당시 3월15일에 있었던 부정선거에 항의하는 대학생들의 시위가 곳곳에 서 일어났으며 고려대학교가 4월18일 시위를 벌였다. 그날 저녁 고대 학생 들이 연락을 해왔다. 그러나 2학년이 주축이 된 학생회는 움직이지 않아 1 학년 '영남 학우회'가 주관하기로 했다.

5명이 모여 데모 현수막을 만들고 다음날 아침 9시 데모를 시작하기로 했다. 만약에 대학 교문을 학교 측이나 학생회 측이 닫으면 강제로 문을 여는 힘센 학생 조까지 준비했다. 시위 팀은 각 50명씩 해서 앞, 중간, 뒤 3팀으로 나눴으며 나는 중간에서 지휘를 하기로 했다.

아침 9시 학생 시위대가 교문을 나서려니 생각대로 2학년 학생회 간부 들이 막아섰으나 이를 물리치고 남대문 초등학교 뒤 순화동에 있는 대학 캠퍼스 밖으로 나섰다.

다행히 밖에는 제지하는 경찰들이 없었다. 아마도 큰 대학 시위만 막으 려 했지 우리처럼 조그만 대학에서는 데모를 하지 않을 것이라고 생각한 모양이었는데 허를 찌른 것이었다.

시위대는 부정선거 규탄과 이승만 대통령 하야를 요구하는 구호를 외치고 뛰어갔다. 종로에서 파고다 공원으로 가서 만세 삼창을 부른 후 다시 창덕궁 돈화문을 거쳐 종로 경찰서 앞을 지났다. 종로 경찰서에서는 만약의 사태에 대비해 경찰들이 카빈총을 겨누고 있었다.

국회 의사당 앞에서는 중앙대 학생들이 연좌시위를 하고 있었으며 우리는 광화문 중앙청 앞에까지 왔다. 이곳에는 우리 밖에 없었고 아주머니들과 일부 여학생들이 달려와 수고한다며 컵이나 바가지로 물을 퍼 주기도 했다.

물을 마시고 대열을 정비한 후 대통령 관저인 경무대가 있는 효자동 쪽으로 가려는 데 순간 총격 소리가 계속 들렸다. 당시 수많은 학생 시위대들이 경무대로 몰려들자 경찰이 발포를 시작한 것이었다.

총에 맞은 학생들이 피 흘리고 쓰러지자 학생들이 부상자들을 들것으로 병원으로 옮겼다. 총소리가 계속 울리고 학생들이 많이 총 맞아 쓰러지는 가운데 일부에서는 계속 앞으로 가자고 주장했다.

나는 희생자가 날 것을 우려해 더 앞으로 나가지 않고 국회의사당으로 가서 중앙대 학생들과 합류하자고 했다. 국회 의사당 쪽으로 가니 중앙대 학생들도 이미 흩어지고 없었다.

인근 서울 신문사에서는 방화로 불이 나 연기와 불길이 창문 밖으로 나오는 것이 보였고 소방차들이 달려와 진화 작업을 하고 있었다. 세종로 파출소는 유리창들이 많이 깨져 있는 가운데 경찰이 총 쏠 준비를 하고 있는 등 살벌한 광경을 목격했다.

총격으로 우리 시위대의 경우는 어느 순간 앞과 뒤의 조는 없어지고 중간의 우리 조만 남아 있었다. 이 때 예전 대학 시험 날 도둑을 잡았으나 조서를 만들어야 한다며 나를 보내주지 않았던 서울역 파출소가 생각났다.

같이 있던 친구들에게 이야기해서 복수를 하기 위해 3명이 서울역 파출소에 도착하니 이미 파출소는 여러 유리창이 깨져 있었다. 우리들도 길에 있던 벽돌을 집어 파출소에 던지는 화풀이를 하고 갔다.

결국 40여 학생들만 다시 대학교로 돌아와 보니 캠퍼스에는 아무도 없었다. 이날 전국에서 10만 명 이상이 참여한 4.19 혁명으로 서울 100여명 등 전국에서 186명이 사망하고 6,026여명이 부상을 당했다.

시위 후 헤어져 집으로 돌아가는데 곳곳에서 경찰들이 검문을 하고 체포해 가정교사를 하며 살던 옥수동으로 갈 수가 없었다. 명동 성당 쪽으로 갔으나 경비가 살벌해 잡힐 것 같아 명동 성당 오른쪽 열려있던 사무실로 무작정 들어갔다.

안에서 신부님 한분이 나와 "데모하다가 경찰에 쫓기고 있다"라고 사정을 설명했다. 신부님이 안으로 들어가라고 해서 들어가 보니 남학생 1명이 있었다.

4일 동안 성당에 숨어 있다가 이젠 괜찮다고 해서 나갈 때 보니 여학생 2명 포함 7명 정도가 있었다. 당시 같이 있던 고대생 한명은 미국에 오기 전, 또 한국에 갔었을 때 만나기도 했다.

우리를 숨겨준 윤형준 신부님을 그 후에 찾아가 고마움을 표했고 성당에 나오라는 신부님의 권유로 불교 신자였던 나는 계속 명동성당에 나가고 가톨릭 신자가 되었다.

윤형준 신부님의 도움으로 우리나라 최초의 서양식 약현 중림동 아현성당에서 수녀님의 교리문답과 천주교 입문에 대한 공부를 3-4개월 다니면서 시험에 합격하고 '곽종세 이냐시오' 란 영세명을 얻었다.

뒤늦게 불교신자에서 가톨릭으로 개종한 나에게 아버지는 절교를 선언했다. 부처님의 은혜를 많이 받은 놈이 개종을 했다고 화를 내셨다. "천주교식으로 조상을 모시는 예법이 다를 뿐 다 모십니다"라고 했으나 4-5년 동안 아버지를 뵙지 못하고 새 어머니와 동생들만 만났다.

그러나 아버님도 미국 시카고에 정착하시고 90세에 세상을 하직하기 5년 전인 85년에 시카고 한인성당에서 천주교로 개종했으며 새 어머님과 누이동생들도 개종했다.

이승만 대통령 하야로 정국이 안정되자 다시 가정교사 일에 충실했다.

그러나 또 다른 학생 시위에 앞장서는 일이 생겼다. 대학 측이 학생등록금을 크게 올렸기 때문이었다. 9월 새 학기를 앞두고 우리 대학을 비롯해 여러 대학들의 등록금이 크게 올랐다.

영남 학우회 1학년 학생들이 주축이 되어 개학하기 전 6명이 여러 대학 대표를 가장해 문교부를 찾아가 항의했다. 2년제 사범대학은 4년제 대학보다 더 많이 인상되었다.

우리들은 당시 이사장이었던 유상근 이사장 사무실을 찾아가 항의했다. 그는 대학 이사장이면서도 건설부 국장급 높은 공무원이었고 개인 회사 사장이기도 했다.

공무원이면서도 공무 시간에 개인 회사 일을 한다는 약점을 알아내고 그의 개인 사무실을 찾아갔다. 그는 우리 6명을 보고 깜짝 놀랐다. 또 등록금 인상 문제를 모르는 체 했으나 관련 신문 기사와 문교부 서류를 보여주자 대화 끝에 등록금을 올리지 않겠다고 약속했다.

그것도 거짓말이었고 예정대로 등록금이 크게 인상되었다. 우리 1학년들은 학교에서 데모를 했으나 2학년들은 참여하지 않았다.

학교 측이 전혀 반응을 보이지 않자 학생 80여명이 다시 이사장 집 앞에서 토요일 시위를 벌였다. 이날 저녁 집 앞에 군인 침낭이나 담요를 덮고 자며 다음날까지 시위를 벌였다. 신고가 들어갔는지 경찰 트럭 2대가 갑자기 오더니 학생들을 모두 붙잡아 차에 태웠다.

경찰 트럭은 장충단 고개를 올라가 남대문 경찰서로 가고 있었다. 트럭 위에 서서 끌려가던 우리들은 두 번째 스톱 사인이 있는 곳에서 모두 뛰어 도망하기로 내가 신호를 보냈다.

차가 약속한 스톱 사인에서 멈추는 순간 나를 비롯해 학생들이 모두 트럭에서 뛰어 내려가 사방으로 흩어졌다. 트럭에 타고 있던 경찰들이 쫓아오면서 지원을 요청했는지 금세 사방이 경찰로 포위되었다.

경찰관들이 포위하며 가까이 다가왔으나 나는 내 앞에 있던 학생을 두 명의 경찰관 사이에 강하게 밀어버리고 그 빈틈 사이로 도주했다. 다른 학생들도 같은 방법으로 뛰어 도망가기 시작했다.

이쪽 지역은 평소 학생 과외를 하고 집으로 오는 길이라 지리를 잘 알고 있었기 때문에 무사히 집에 도착했다. 이날 도주한 70명중 30명이 다시 붙잡혀 결국 18명이 재판에 넘겨졌다.

이 사건이 크게 신문에 보도되자 이사장이 비난을 받고 등록금 인상은 2학년까지 철회되는 좋은 결과를 낳았다.

붙잡힌 학생들 중 4명은 우리 반 학생이고 영남 학우회 회원이어서 위문단을 만들어 마포 형무소로 면회를 가기도 했다.

체포된 학생들은 주모자가 없이 자발적으로 데모를 했다고 주장했고 특히 우리 반인 배기수 학생이 내 대신 자신이 선동했다고 말해 나는 처벌되지 않았다. 배기수는 4.19때도 같이 데모를 한 의리 있는 학생으로 후에 나와 좋은 관계를 갖게 되었다.

그 후 내가 학교 당국과 학생 측 모두를 막후에서 중재해 서로 잘못했다고 사과해 문제가 원만하게 해결되었으며 재판에 넘겨진 학생들도 큰 처벌 없이 모두 같이 졸업을 하게 되었다.

또 이런 일도 있었다. 4.19 후인 1960년 6월19일에 미국 아이젠하워 대통령이 한국을 처음 방문했다. 한국 정부는 아이젠하워 대통령을 대대적으로 환영해 당시 서울 인구 40%인 100만 명이 거리 환영인파였다고 신문에서 보도할 정도였다.

경찰에서는 대통령 경호를 위해 경찰관들뿐만 아니라 무술에 능한 학생들까지 뽑아 경호를 맡겼는데 나도 그중 한명으로 뽑혔다.

치안국에서는 각 대학에 연락해 운동을 잘하는 학생 10명씩을 보내달라고 했다. 우리 대학에서는 나를 포함 3명이 참가했고 치안국 지하실에서 두 명씩 대련 시합을 했다.

진짜 싸우는 것이 아니고 서로 공격과 방어를 하는 시범을 보였다. 대련에서 지면 탈락하고 이기는 사람만 다시 대련을 했다. 나는 첫날 세번, 이튿날 두번 이겨서 최종 합격했다.

치안국에 갔을 때 교관들은 경찰 제복을 입지 않았다. 장소만 치안국이고 대통령 영접 준비위원회, 대통령 경호실에서 학생 경호원을 뽑은 것은 아닐까 생각되었다. 4.19 이후 경찰 업무는 마비 상태였지만 그래도 일선 경찰이 아니고 치안국에서는 할 수 있겠다는 생각이 들었다.

그 후 연락이 왔다. 환영식 날에 남대문으로 나오라고 했다. 아침 9시에 남대문 초등학교 앞에 도착하니 벌써 운전수와 또 한사람이 탄 지프차가 기다리고 있었다.

내가 도착했을 때 한 학생이 있다가 "형 몇 년 만이냐? 서울에 살았어?" 하고 반갑게 맞이했다. 피난시절 함남중고교 1년 후배인 신흥대학생(현 경희대학교) K군이었다. 이어서 다른 학생도 도착했다.

3학생이 모인 것을 보고 지프차에 타고 있던 분이 오늘의 지시사항을 설명했다. 우리는 귀빈차량을 남대문에서 정동 미대사관까지 모시는 마지막 코스를 경호했다.

우리는 귀빈(아이젠하워 대통령) 차에 접근하는 학생들이나 시민들에게 접근 못하도록 방어하는 책임이었다. 3명에게 각자의 임무가 부여되었다.

내가 맡은 임무는 지프차의 오른쪽 앞좌석에 서서 쥐고 있던 지휘봉 같은 것으로 접근을 막는 일인데 책임자는 나에게 그것을 주면서 연습시켰다.

우산 펼 때 누르는 단추 같은 것을 누르니 3 미터 길이의 굵은 낚시 대 같은 플라스틱 회초리가 나타나고 두 번을 누르니 6미터 길이의 상어잡이 낚시 대 같은 굵은 회초리가 나타났다. 그것으로 접근하는 사람들의 접근을 금지시키는 것이다.

뒤 두 학생에게는 굵은 낚시 대 같은 것으로 접근을 방해하는 업무를 주었다. 무전연락을 받고 나서 지휘관이 직접 운전하면서 남대문 뒤로 갔고 조금 있다가 바로 귀빈차 뒤에서 경호를 맡았다.

남대문에서 덕수궁 돌담을 끼고 미대사관저까지 인산인해의 환영인파를 헤치고 나가는 것은 쉽지가 않았다. 경호 임무는 철저하게 귀빈을 방어하는 것이기에 계속 회초리를 휘두르면서 앞으로 나아갔다. 한번 맞아본 사람은 접근을 못했다.

무사히 대통령을 대사관 정문까지 모신 후 우리의 임무는 끝나고 후배와 오랜만에 만나 그동안의 이야길 나누다 헤어졌다. 그때 거리에서 열렬하게 태극기와 성조기를 흔들고 환영하던 시민들의 모습이 지금도 눈에 선하다.

지금은 폐교된 서울문리사범대학(현 명지대학교) 이지만 이 대학 출신들과 특히 영남 학우회 학생들은 나처럼 4년제 대학에 편입한 후 각계각층에서 유명 인사가 되었기 때문에 이 사범대학을 지금도 자랑스럽게 여기고 있다.

중앙대학교에 편입하고 보니 같은 영남 학우회 학생들이 여러 명 있었고 군대에서도 만나 많은 도움이 있었다.

그래서 미국 생활에서 좋은 대학교에 가지 못해 좌절하고 있는 학생들에게 나의 2년제 사범대학 이야기를 하면서 등록금이 저렴한 미국 2년제인 커뮤니티 칼리지를 적극 권장하고 있다.

실제로 커뮤니티 칼리지 2년 후 일반 대학교에 편입해 지금 여러 분야에서 활약하고 있는 한인들도 많다.

유명한 서예가인 초정 권창륜도 나와 같은 영남 학우회에 이어 중앙대에 같이 편입했다. 그는 국문과 졸업 후 한국 미술대전 추천 작가와 심사위원일 정도로 서예 부문에서 명성을 나타내고 있다.

3년 전 한국을 방문해서 다시 만났을 때 큰 빌딩을 가지고 많은 제자들이 심사위원일 정도로 유명해져 있었다.

내가 미국으로 1973년 떠나기 전 그는 일부러 자신의 집에 오라고 해서 작품 여러 점을 써주었다. 내 집에는 내 삶의 귀한 지침이 된 "꽃씨 뿌리는 마음" 등 그의 서예 작품 액자들이 지금도 걸려 있어 볼 때마다 파란곡절이 많았던 대학 시절이 떠오른다.

PART 12

중앙대학과 군대 시절

중앙대학에 편입을 하고보니 서울 문리사범대 출신이 32명이나 되었다. 우리들은 매주 한번씩 중앙대 상징인 청룡 분수대에 모여 친목을 다졌는데 이들 중 후에 교수들이 많이 배출되었다.

나는 근로 장학생이 되어 공부하며 대학을 위해서도 일했다. 3학년 때는 문리대 농촌 계몽부장이 되어 총학생회 계몽부장과 함께 자매군인 강원도 정선군과 양양군에 자매

중앙대 켐퍼스의 청룡 분수 앞에서 김호일 교수와 함께. 오른쪽 곽종세

종을 달아주고 선물을 전달하기도 했다.

1962년 11월초 버스를 두 번 갈아타고 강원도 정선군에 도착한 우리는 중앙대학교와 자매결연을 맺은 마을 주소를 보여주며 안내를 부탁했더니 눈이 많이 와서 갈 수도 없고 놓고 가면 눈 녹을 때 전해주겠다고 한다.

거리가 얼마나 되냐고 물었더니 10리 길이라고 일러준다. 그러면서 앞산 능선을 가리키면서 5리쯤 가면 동네가 나오니 그곳에서 물으면 된다고 했다. 5리 쯤 가니 동네가 나왔다. 반가워 초가집 싸리문을 열고 "여보세요" 하고 물으니 "뉘시요"하고 나오는 노인에게 인사하며 자매 마을로 가는 길이고 서울에 있는 중앙대학교 학생들이라고 설명했다.

노인은 언덕 위까지 앞장 서 가더니 저 산 아래 돌아가면 동네가 나온다며 10리는 걸어가야 한다고 했다. 그렇게 눈 덮인 산골길을 30 리나 걸어 어두워지기 전 겨우 도착하여 이장과 만나 인사드리고 그날 이장댁에서 잤다.

다음날 마을 사람들을 다 동원하여 자매종을 마을 회관에 달고 애국가와 인사말이 끝난 다음 중앙대에서 자매 마을에 주는 선물도 전달하고 온 마을 주민들을 양쪽으로 나누어 줄다리기를 하는 등 즐거운 시간을 보내기도 했다.

이 마을 어린이들은 비행기는 보았지만 기차나 자동차도 보지 못한 깜깜 산속에서 살고 있었다. 전쟁 중에도 인민군이나 국군도 지나가지 않은 깊은 산골이었다.

다음날 아침 일찍 떠나 짐이 없는 홀가분한 몸으로 정선군청에 들어가 신고를 하고 양양으로 향했다. 버스를 타고 인제 진부령 고개를 넘어 양양으로 가는데 군인들이 삼엄하게 검열하여 버스가 가다 서고 몇 번을 검문받으면서 양양에 도착하여 자매마을을 찾아가 자매종과 선물을 전하여 봉사활동을 마치고 일주일 후에 도착했다. 그리고 일주일 인가 10일 후에 논산 훈련소로 입대했다. 정말 오가는 길에 고생은 많이 했지만 보람이 있었다.

여름철에는 농촌 봉사도 나갔고 당시 중앙 방송국 TV 박종세 아나운서 프로그램에 출연하기도 했으며 서울시 농촌계몽상을 타서 중앙대에 우승기를 가져오기도 했다.

6월 언젠가는 중앙대에 당시 김종필 중앙정보부장이 임영신 대학 총장실을 방문했는데 나를 비롯해 10명이 학생 대표로 참석해 기념 만년필을 선물로 받았다.

3학년을 마치고 11월에 군대에 입대해 논산 훈련소 23연대에서 훈련을 받았다. 훈련을 마치고 병과를 받기위해 2주간을 대기해야 하는데 전에 약국에서 일한 경력 등이 있어 원했던 의무병과가 되었다.

의무병과 분류를 받고 확인을 기다리고 있는데 인사과에 있는 상병이 내 얼굴을 보더니 "야 종세 아니냐?" 반가워했다.

그는 같은 사범대학 출신으로 건국대에 편입했다가 나보다 먼저 입대해 상병이 되어있었다.

역시 사범대학 출신으로 4.19 데모와 등록금 인상 반대 데모에 참여했던 배기수 학생도 이 자리에서 만났다. 담당 상병은 보병으로 가려던 배기수를 의무병과로 바꿔주었다.

배기수와 함께 훈련을 받았던 연대 출신 강태원은 카투사를 원했으나 배기수를 따라가기로 해서 의무병과로 바꿔주었다.

그래서 나와 배기수 그리고 강태원 3명이 군의학교에 가게 되었다. 마산에 있는 군의학교는 의무병 교육을 받는데 군대가 아닐 정도로 편했고 바로 앞에 일반인은 들어 올 수 없는 바다가 있어 조개, 굴들을 실컷 먹기도 했다.

한 반은 50여명 정도 있었고 몇 주 후 자치적으로 구대장 선출이 있었다. 이때 배기수와 계성여고 교사였던 강태원이 나를 추천했고 추천받은 5명에서 내가 구대장이 되었다.

어느 토요일 나와 배기수 그리고 강태원 3명이 밖에 외출했다가 학교로 돌아오는데 정문 앞에서 간호장교인 여자 소위 3명을 만나 이등병인 우리가 경례를 했다.

그런데 한 여성 소위가 강태원에게 "선생님"하며 안기는 것이 아닌가. 우리뿐만 아니라 주위 사람들이 모두 놀랐다. 그 소위는 강태원 이등병이 학교 담임이었을 때 제자였다.

이런 인연으로 우리 이등병 3명과 여장교 3명은 함께 마산 시내를 다니며 즐거운 시간을 갖기도 했다.

군의학교를 3등으로 졸업한 후 나는 부산 병참 사령부 의무 참모부로, 배기수는 육군본부, 강태원은 서울 육군병원으로 발령이 났다.

나는 당시 6개월만 군복무를 하는 혜택이 있는 독자 신분이었다. 원래 북한에서는 남동생이 두 명이나 있었으나 월남을 하지 못했기 때문에 전쟁 후 가호적을 만들 때 나만 등록을 해서 독자가 되었다.

그래서 군의학교 졸업 후 4개월 후면 제대를 할 것으로 기대했다. 그런데 이게 웬일인가. 아버지와 재혼한 새 어머니가 딸 셋을 낳은 후 아들을 낳는 바람에 나는 제대 수속을 하려다 오히려 1년 반을 더 복무해야 했다.

PART 13

결혼 과 약국

군복무 후 다시 중앙대학교에 복학해 65년 사범대 교육학을 전공하고 졸업했다. 그리고 66년 9월5일 결혼을 했다. 내 나이 27세이었고 아내는 나보다 몇 개월 더 많았다.

군대 가기 전 나는 중앙대학교에 다녔는데 예전에 EMI 학원에서 같은 장학생으로 공부하던 학원 친구인 조 학생으로부터 연락이 왔다. 그는 어느 집에서 가정교사를 하고 있는데 자기가 다른 곳으로 떠나니 대신 내가 그 집에서 가정교사를 해달라고 부탁했다.

특히 그 집에는 나를 아는 사람도 있다고 했다. 저녁에 3시간만 가르치면 숙식까지 제공한다는 집에 가보니 모든 환경과 분위기도 좋고 가르칠 학생도 한양 고교 1학년 남학생이어서 좋았다. 그런데 나를 아는 사람이 누구인 지 궁금증이 났다.

잘 살고 있는 집주인은 회사 사장이었고 그 부인의 막내 여동생이 나의 아내가 된 임인숙이었다. 그녀는 당시 숙대 약대 졸업반이었다.

그녀는 고등학생일 때 내가 학원 장학생으로 일했던 EMI 학원을 친구 3명과 함께 다녔는데 그 때 수강생들을 조사하던 나를 그녀가 보고 기억한 것이었다.

그 정도만 알고 있던 차에 부산에서 군복무 할 때 휴가가 있으면 이 집에 찾아가 인사했고 그 때부터 서로 가까운 사이가 되었다.

결혼 후 그녀는 종로 5가 원서동 비원 뒤에 동아약국을 개업했다. 나는 졸업 후 교사 취업을 기다리다가 주간지인 'K 신문사' 기자로 일하고 있었다. 결혼 때 신문사 사장이 결혼비용을 다 댔을 정도로 처음엔 좋은 직장이었으나 1년 반 동안 일한 결과는 좋지 않았다.

약국을 운영할 때의 일이다. 어느 날 신문사에 갔다 오니 약국이 문이 닫혀 있었다. 약국 옆에서 양복점을 하는 건물 주인이 아내가 울며 친정집으로 갔다고 말했다.

결혼식에서 아내의 손가락에 반지를 끼어주고 있다.

오늘 동네 깡패가 약국에 와서 젊은 여자 약사인 아내를 괴롭혔다고 한다. 바로 친정집으로 아내를 찾으러 갔더니 장모

결혼식 퇴장 장면

님은 어떻게 그런 깡패들이 설치는 나쁜 동네에 약국을 개업했느냐고 나무랬다.

원서동에는 그런 깡패 여러 명이 동네 업소들을 다니며 행패를 부리고 있었다. 아내에게 약국 문을 열게 하고 주인집 아주머니가 알려준 깡패 집으로 찾아갔다. 그러나 그가 없어 그 집 사람에게 내일 오후 10시에 우리 약국에서 만나자는 말을 전했다.

그러나 약속 시간에 오지 않아 다시 다음날 아침 깡패 집으로 갔다. 그 집은 사람들이 많이 다니는 곳에 있었다. 문을 두드리니 20대 후반으로 보이는 한 남자가 누구냐며 인상을 쓰고 나왔다. 대뜸 그가 깡패인 줄 직감하고 "당신이 어제 약국에서 행패를 부린 사람이냐?" 물었다. 이때 집에서

2명이 따라 나왔다.

깡패가 "네가 왜 따지느냐?"고 대드는 순간 기습적으로 그의 급소를 주먹으로 쳐서 땅에 쓰러뜨렸다. 이 같은 급소 기습 공격은 부산 삼총사 시절 김 모 친구가 가르쳐준 야쿠자 싸움 방법이었다.

그가 거품을 물고 쓰러지자 동네 사람들이 몰려들었고 깡패 엄마와 다른 2명은 나에게 왜 아들을 때리느냐고 달려들었다. 나는 그녀에게 "당신 아들이 동네에서 혼자 사는 여자 집들에서 못된 짓을 하고 있는데 어제는 여자 혼자 있는 우리 약국에서 행패를 부렸다. 어제 만나기로 했는데 오지 않아 맛을 좀 보여주기 위해 왔다"고 소리쳤다.

거품을 물었던 깡패가 깨어나지 않아 다시 발로 뒤통수 급소를 차서 깨어나게 했다. 그리고 깡패를 끌고 약국으로 데려갔다.

같이 있던 똘마니 2명은 이 같은 모습을 보고 얼었는지 감히 대들 생각을 못했다.

나는 깡패가 약국 앞 길가 바닥에 무릎을 꿇고 아내에게 잘못했다고 두 손으로 빌게 했다. 아내는 이 모습에 놀라서 깡패를 그만 용서해 줄 테니 일으켜 세워주라고 했다.

나는 깡패에게 "네가 행패를 부렸지만 집사람이 용서해 주라고 하니까 이번만은 봐준다. 다시는 절대 나쁜 짓 하지 말라"고 일으켜 세워주었다.

이 광경을 많은 사람들이 보았다. 이 사건 이후 거짓말처럼 이 동네에서는 깡패들이 사라졌고 우리 약국에도 6개월 동안 한 번도 사고가 없었다. 심지어 우리와 경쟁되는 동네 다른 약국 주인도 찾아와 깡패들이 오지 않는다며 감사했다.

나는 항상 약국 문을 열기 전 새벽부터 빗자루를 들고 약국 앞과 인근까지 청소를 하는 등 동네에서 본이 되기 위해 노력했고 아내도 성실히 고객들을 대해 약국은 손님들이 더 늘어났다.

PART 14

'K 주간지' 기자

졸업 후 학교 교사 발령을 기다리는 중에 'K 신문사'라는 주간지 기자로 일하게 되었다. 편집부 소속 기자로서 경찰과 군 관련 기사를 썼다.

당시 신문사 지프차에는 번호판에 빨강 줄이 2개가 그려져 있는 특수 번호판이어서 차를 타고 경찰이나 군부대를 찾아가면 높은 기관에서 온 줄 알고 모두 경례를 할 정도였다.

신문은 주간지여서 많이 취재할 필요가 없었기 때문에 신문 기자 일을 하면서도 아내 약국 일을 도와줘 좋았다.

신문사는 순수한 신문뿐만 아니라 또 다른 개인 사업을 하고 있었다. 신문사 편집국장과 K 기업의 기획실장 김 모, 그리고 건설부 장관 비서 3명이 따로 회사를 만들어 이권을 챙기고 있었다.

신문사는 나에게 기자로 몇 개월 일을 시킨 후 그 뒤부터는 이 회사 기획실장으로 나를 참여시켰다.

이 회사는 모 건설 회사가 존슨 미대통령이 방문할 워커힐 도로 포장 공사를 맡았을 때 일부 구간 공사에 사용할 석재 납품을 하고 있었다. 당시는 물건을 납품하고서도 바로 대금을 받지 못하고 2차 납품 후에야 돈을 받는 풍조였다. 회사는 나를 시켜 공사 현장 소장과 경리 담당을 회사 사장과 실장과 만나도록 했다.

그리고 그들을 요정으로 데려가 식사를 대접하고 양복 1벌 만 원짜리 티켓과 현금 만원을 봉투에 넣어주는 향응과 뇌물을 주었다. 그러면 납품 후 바로 대금이 나올 뿐만 아니라 어떤 때는 아예 미리 돈을 받는 특혜를 받았다.

그러나 의암댐 공사에서는 납품을 했으나 한 달이 지나도 수금이 되지 않았다. 겨울철 도로 확장 공사 중 불도저가 밑으로 떨어져 운전기사가 사망하자 공사가 중단되었기 때문이다.

회사는 미리 납품하고도 돈을 못 받아 자금 회전이 되지 않자 수금 담당인 나에게 사채를 빌려올 것을 요구해 약국의 전세금 반을 빼 회사에 빌려주었다.

다행히 공사가 재개되어 빌려준 돈을 다시 받았으나 한 달 후에 또 사고가 나는 바람에 공사가 다시 중단되었다. 회사가 어려움에 빠지고 주위 사람들이 고민하는 것을 본 나는 회사를 도우려는 착한 마음에 또다시 전세금 반이나 되는 큰돈을 빼내 회사에 빌려주었다.

그러나 1973년 미국에 올 때까지 공사는 재개되지 못했고 결국 빌려준 돈을 받지 못하는 손해를 당했다.

할 수 없이 남은 전세금으로 삼선교의 문 닫은 약국에 싼 월세로 들어가야 했다.

신문사 시절 선한 일을 했다가 큰 경제적 손해를 당한 경험으로 그 후에는 일절 남에게 돈을 빌려주는 일을 하지 않게 되어 오히려 사업적으로 전화위복이 되었다.

PART 15

우석 대학교 전임 강사

K 주간지 기자 시절 어느 날 시내에서 우연히 차석기 박사를 만났다. 그는 중앙대학교 대학원 석사, 고려대학교 문학 박사 경력으로 고려대학교 사범대학 교육학과 교수였다.

차박사는 중대 강사, 우석대 정교수를 역임하고 있었는데 나에게 중앙대학교 사범대학을 소개해 주기도 했다. 특히 당시 우석대 총장이 처삼촌으로 학생처장도 겸임하고 있었다.

시내를 걸어가는데 갑자기 택시 하나가 서더니 안에서 탄 사람이 "곽군" 하고 불렀다. 차석기 교수였다. 그는 반갑다며 택시에 타라고 하면서 같이 대학교에 가자고 했다.

차 안에서 그는 "내가 Mr. 곽을 그동안 찾았는데 연락이 안되었다"고 말했다. 같이 간 곳은 혜화동에 있는 우석 대학교이었다. 차 박사는 자기의 학생처장실로 나를 데려갔다. 거기에는 책상이 하나 있었다. 차박사는 "책상 하나 더 놓을 터이니 나랑 같이 일하자"고 권유했다.

그리고 나를 총장실로 데려가 소개했다. "내가 찾던 후배 제자인데 오늘 우연히 발견해 납치해왔다"라고 말했다. 총장은 그러냐며 "스승이 제자를 찾는 것을 본 것은 처음"이라고 놀랬다. 그리고 바로 내일부터 출근하라고 쾌히 승낙했다.

마침 대학교가 삼선교의 약국과도 걸어서 출근할 정도로 가까워 바로 신문사를 그만두고 우석대학교 조교로 일을 하게 되었다.

차박사가 나를 찾은 이유는 사범대학 1,2학년 때 중앙대 교수로 대학에서 강의를 했고 특히 그의 고향인 당진에 있는 교수 집에 내가 두 번이나 갔었을 정도로 서로 친했기 때문이었다. 나중에 알고 보니 나를 잘 보아서 자기 처제와 결혼시키려는 마음이 있었다.

이처럼 2년제 사범대학 시절 알았던 많은 사람들이 도와주었기 때문에 고마운 분들로 인해 당시를 회상하면 눈물이 앞을 가리고 목이 메인다.

우석 대학교에서 조교를 하면서 야간에는 고려대학교 교육 대학원 공부를 했다. 중앙대학교 학사를 했기 때문에 중앙대학교 대학원을 가야 했으나 당시 중앙대에는 교육대학원이 없는 반면 고려대학교에 교육대학원이 처음 생겼기 때문이었다.

박정희 전 대통령과 대구 사범 동기인 왕학수 교수는 내가 중앙대에 다닐 때에 고려대 교수로 강의를 해서 잘 알뿐만 아니라 우석대학교 차석기 박사와도 가까운 사이였다.

나이가 가장 많은 왕학수 교수와 차석기 박사 그리고 가장 젊은 나 셋은 자주 식사도 함께 하고 심지어 목욕탕도 함께 가기도 했다.

대학 조교를 하면서 약국 일도 하였으며 나중엔 대학의 '교육문제 연구소'의 연구원과 전임 강사가 되었다. 대학은 처음으로 교직원들과 연구원들의 주택 문제 해결을 위해 20채 주택을 짓고 입주자를 추첨으로 결정했는데 운좋게 50명 신청자 중 당첨되기도 했다.

왕학수 교수는 내가 대학원 2년이 되었을 때 대구 문화방송 사장으로 임명 되었다. 그는 대구에 가서 방송국에 같이 일할 것을 당부했다. 그러나 차석기 박사는 방송국에서 일하는 것을 반대하고 계속해 대학에 남아줄 것을 부탁했다.

이와 함께 연구원으로서 우석대학교 학과 증설에도 힘썼다. 당시 우석대는 사범대학 신설을 계획하고 있었고 그 일을 차박사가 나에게 전담시켰다.

학과 증설 종합 계획을 세우고 문교부에 가서 담당자에게 적극 설명하고 학교 측과 문교부와 가교 역할을 열심히 했다.

대학 측에서도 차석기 교수와 왕기항 교수의 적극적인 노력으로 결국 학과 증설을 승낙 받았고 새 학기에는 학생수가 1/3이나 더 늘어나는 좋은 결과를 낳았다.

그러나 몇 년 후인 1971년 의대가 없었던 고려대가 의대가 있던 우석대학교를 통합하는 바람에 우석대학교는 영원히 사라지는 비운을 안게 되었다.

나는 고대의 우석대 통합을 반대했다. 학생들은 고대 배지를 달게 되어 좋아했으나 우석 대학교는 역사와 전통이 있고 여자 의사를 배출하는 좋은 대학이기 때문에 끝까지 잘 지켜야 한다고 강조했다.

우석대학교는 1938년 우석 김종익이 사후 유언으로 재산을 출연하여 재단 법인 우석 학원을 조직해 시작된 후 1948년 서울 여자 의과대학으로 승격되었고 1967년에는 종합대학교가 되었다.

통합 명문은 우석대의 경영난이었다. 그러나 들리는 말에는 당시 유신 데모에 앞장선 고대생들의 데모를 막기 위해 정부와 고대가 거래를 했다고 한다. 고대는 없는 의대를 새로 만들거나 다른 대학 의대를 인수하는 것을 제안했고 결국 우석 의대를 가져오고 통합시켰다고 한다.

우석 대학과 고려대학원 시절에서 나를 우석 대학으로 인도한 차석기박사와 고려대학원 왕학수 교수는 참으로 선배 교수로서 나를 아껴주고 도와준 참 고마운 분들이다.

내가 미국으로 온 후에 차석기 박사는 78년, 그리고 고대 사범대에서 나를 도와준 또 다른 왕교수인 왕기항 박사는 89년에 교환교수로 미국에 와서 반갑게 다시 만났다. 두 분에게 당시의 신세를 갚기 위해 최선의 대접을 잘 해드렸다.

PART 16

중앙정보부에 끌려가

'삼선 개헌'은 1969년 박정희 정권이 정권 연장을 위하여 대통령의 3선이 가능하도록 헌법을 개정한 것이다. 국민들의 큰 반대에도 불구하고 국회에서 변칙 통과되고 국민투표로 확정되어 결국 박대통령이 당선되었고 유신체제와 장기 집권을 하게 되었다.

특히 추진 과정에서 대학생들의 반대 데모가 심해지자 당국은 시위 주도 학생들을 처벌하고 관련 단체들을 탄압했다.

이처럼 삼선 개헌에 대한 반대 여론이 대학에 크게 일고 있는 가운데 나 역시 삼선 개헌에 반대하는 발언을 했다가 블랙리스트에 올라 중앙정보부에 끌려가 조사를 받았으며 결국 대학에서 퇴출되고 피신 책으로 미국으로 가게 되었다.

고려대 교육 대학원을 졸업한 1971년 여름 방학 기간에 고려대학교에서 교육학회 모임이 있었다. 전국에서 유명한 교육학계 학장, 교수들이 참가해 새로운 회장을 뽑는 모임이었다.

나는 이 행사를 준비하고 교육학계에서 가장 낮은 위치였기 때문에 제일 뒷자리에 앉아 회의에 참가했다.

당시 회장은 초대 왕학수 원장에 이어 2대 고려대학교 교육대학원 원장인 이 중 교수가 회장이었다. 그는 이미 2년 임기 4년을 했으나 이 회의에서 또다시 3선을 하려고 했다. 그러나 다른 2명이 출마해 경선이 예상되었다.

이날 이 회장은 입후보자 발표 시간도 아니고 회장 인사말을 하는 도중에 "교육학회 발전을 위하여 한 번 더 회장으로 출마하겠다" 라며 선거 공약을 발표했다.

순간 참석한 교수들이 웅성웅성 거리는 가운데 찬성과 반대 의견들이 나왔다. 차박사와 왕교수는 말을 하지 않고 있었다.

현재 정국이 3선 개헌으로 시끄러운 가운데 가장 정의롭고 공정해야 할 교육학계에서 조차 3선을 하려한다는 생각에 젊은 나는 참을 수 없었다.

뒷자리에 앉아 있던 내가 손을 들으니 참석자들이 모두 뒤로 돌아 쳐다보았다. 이 원장은 제자인 내가 손을 드니 찬성 발언을 하는 줄 알고 좋아하는 눈치였다.

그러나 나는 "존경하는 이 박사님, 평소 제 은사로서 훌륭한 가르침을 받은 것 감사하게 생각합니다"라고 먼저 그를 올려주었다. 그러고 나서 현재 박정희 대통령의 3선 개헌으로 나라가 혼란스러운데 교육학계 마저 3선이 무슨 말이냐며 2번 임기동안 잘 하셨으니 이젠 다른 분에게 양보하라고 강조하고 밖으로 나가 버렸다.

순간 회의장에는 찬바람이 불었고 사전 선거 운동을 한 이박사의 3선에 재를 뿌린 꼴이 되었다.

결국 그는 3선 회장이 되지 못했는데 차박사는 잘했다고 칭찬했다.

그러나 당시는 대학생들이 데모를 많이 해서 중앙정보부원들이 캠퍼스 안에까지 사찰하고 감시하는 상황이었는데 누가 일렀는지 결국 정보부에 끌려가는 일이 발생했다.

정릉 우석대에서 강의를 하던 가을 어느 날 일을 끝내고 퇴근하는데 교실 밖에 있던 한 사람이 다가와 "혹시 곽종세 교수님입니까?" 라고 물었다. "왜 그러느냐?" 라고 묻자 그는 "저하고 같이 가시죠. 말씀 드릴 것이 있습니다"라며 팔을 잡았다.

정문 앞에는 이미 검은 지프차가 대기하고 있었다. 당시는 휴대폰도 없어 아무에게나 연락할 수도 없었다. 그들은 나를 차에 태워 사진으로만 봤던 남산 정보부로 데려갔다.

정문에서 다른 사람에게 인수인계 되었고 본관 2층의 제법 넓은 어느 조사실로 끌려갔다. 테이블 만 몇 개 있는 조사실에서 40대 후반이나 50대 초로 보이는 조사관은 이름, 주소, 가족 등을 확인하는 것을 시작으로 "요즘 학생들의 동향은 어떠하냐?" 라고 묻는 등 평범한 질문을 했다.

그러나 다음에는 북한에서는 언제 월남했느냐 부터 언젠가 내가 가명으로 신문사에 독자 투고한 '실미도 사건' 그리고 봉사활동으로 참여한 대학의 '상록회 운동', 3선 개헌에 대한 의견 등을 물어보았다.

그들은 이미 나에 대해 어느새 다 조사를 해서 알고 있었다. 실미도 사

청년 지역사회 개발 상록회 서울 본부 임원들. 뒷줄 오른쪽 두 번째가 곽종세

건은 1971년 8월 23일 실미도에서 북한 침투 작전 훈련을 받던 대원들이 가혹한 대우를 견디지 못해 무장 탈영해 서울로 진입하다 교전 끝에 숨진 사건이다.

상록회 운동은 유신시절 새마을 운동과 함께 가난한 농촌에 송아지를

보급해줘 자립시키게 하고 가난한 학생들을 교육시키는 전국적이며 순수한 농촌 살리기 운동이었다.

언제가 삼척의 어느 전문학교 강당에서 이 운동에 대해 설명하면서 정부, 대통령, 군대, 대학, 3선 개헌 등에 대해 이야기 하고 지역사회를 위해 젊은이들이 앞장서야 한다고 강조한 적이 있었다. 이것도 이미 그 자리에 있던 정보원과 형사들을 통했는지 다 알고 있었다.

그런데 조사관이 테이블 밑의 발을 움직이니 갑자기 밑바닥이 조금 열리고 지하 공간이 보였다. 아주 깊은 지하실이었다. 놀랍게도 한쪽 기둥에는 발가벗은 남자가 손을 위로 한 채 묶여 있었고 또다른 쪽에는 한 남자가 손을 뒤로 묶인 채 역시 발가벗은 채로 의자에 앉아 있었다. 지금도 잊지 못할 끔찍한 장면이었다.

조사관은 고문을 당하는 모습을 보여주며 겁을 주려는 것이었다. 그가 "봤느냐?" 라고 물었고 나는 "저분들은 웬일입니까?"라고 반문했다.

조사관은 "괜찮다"라며 "목마를 테니 차나 한잔 들고 하자"라고 말했다.

나는 차를 조금 밖에 마시지 않았다. 그러나 그때부터 정신이 몽롱해 다른 방에 데려가는 도중 그만 쓰러졌고 그 뒤부터는 전혀 기억이 나지 않았다.

나중에 기억이 나는 것은 깨어서 정문에까지 왔고 그곳에서 전에 나를 데리고 온 사람이 다시 집으로 데려다 준 것뿐이었다. 그때는 놀랍게도 정보부에 끌려간 지 이미 일주일이나 지난 후였다.

지금 그 사건이 지난 50년 후에도 당시 정보부 안에서의 일주일이 전혀 기억나지 않는다. 고교, 대학 공부할 때나 강사 시절에도 독특한 암기 방법이 있었다. 머릿속에 중요한 내용들을 분류해 암기 박스에 집어넣고 몇 층으로 쌓아 놓는 것이다.

공부할 때나 대학 강의 때면 그 암기된 박스를 꺼내 필요한 내용을 찾기 때문에 필기 한 것을 보지 않고도 암기력만으로도 강의할 수 있었다.

일주일이나 되는 정보부 조사 기간 중 종이에 뭔가를 쓴 것 같기도 한데 기억이 전혀 나지 않는다. 뭔가 그들이 약이나 다른 방법으로 암기 박스를 다 파괴했기 때문이었다.

다행히 몸에서는 실제로 고문을 당하지 않았는지 모르지만 고문이나 매 맞은 흔적은 보이지 않았다.

북한에서 10살 때 '목택똥' 사건으로 정치보위부에 끌려가 전기 고문을 당한 후 손톱이 거의 다 빠졌고 자다가도 깜짝 깜짝 놀라 깨는 경우가 많았다고 외할머니는 말했다.

이 사건으로도 미국에 와서도 깜짝 깜짝 놀라 잠에서 깨어 아내를 놀라게 하는 후유증을 겪기도 했다.

특히 집에 돌아와 보니 정보부원들이 집과 서재를 샅샅이 뒤져 일기장부터 메모지, 신문 스크랩, 강의 자료들을 모두 압수해 간 것을 보고 큰 충격을 받았다.

그래서 80이 넘은 지금까지도 혹시 나중에 누가 보고 그때처럼 조사를 할까 하는 두려움의 트라우마가 생겨 평생 일기를 쓰지 않고 있으며 메모도 하지 않고 심지어 글도 쓰지 못하고 있다.

10살 때 북한에서 전기 고문을 받은 충격이 있는데 한국에서도 중앙정보부로부터 큰 충격을 받은 것이다.

이로 인해 미국에 와서 정신과 치료를 받았다. 교통사고 후 내 두개골을 찍은 담당의사는 일반인은 30대에 트라우마 증상이 나타나는데 나는 10대에서부터 흔적이 있다고 말하기도 했다.

PART 17

서울대 형제 간첩단 사건

1971년 재일 교포 2세로 서울대 유학 중인 형제 간첩단 사건이 발생했다. 이 사건은 4월 대통령 선거를 앞두고 터졌는데 당시 박정희 후보와 김대중 후보가 치열한 접전을 벌였을 때였다.

당시는 박정희 정권이 10월 유신을 앞두고 이에 반대하는 학생들과 교수들에 대해 심한 감시를 하고 중앙정보부에 끌고 가 고문을 하는 등 자유 민주주의와 인권에 대한 탄압이 심했던 시기였다.

우석 대학 강사 시절 유명 대학 교수 아들인 L 대학 강사로부터 재일 교포인 서울대 유학생이 있는데 소개해 줄 테니 만나겠느냐는 권유를 받았다.

당시 여러 사람들에게 배우는 입장이어서 아무 생각 없이 좋다고 하고 약속 날짜를 정했다.

마침 주말인 그날 다른 약속이 있었기 때문에 이 모임에 갔다가 재일 교포 서울대 유학생을 만나러 갈 예정이었다. 그러나 첫 모임에서 대전에서 온 선배인 충남대 홍교수가 "오랜만에 만났는데 어디를 가려느냐"며 나를 붙잡고 늦게까지 놓아주지 않아 그만 재일교포 서울대 유학생 모임에 가질 못했다.

월요일 학교에 갔다가 책상위에 있는 신문을 보고 깜짝 놀랐다. '서울대 재일 교포 형제 간첩단 일망타진' 이라는 기사가 탑으로 크게 보도되어 있었다.

더 놀란 것은 재일 교포 서울대 형제 유학생들과 함께 나에게 재일 교포 서울대 유학생을 소개시켜주겠다던 L 강사의 사진도 체포된 간첩단으로 실려 있었다.

만일 약속한 날 재일 교포 서울대 유학생을 소개 받기 위해 그를 만났더라면 나 역시 간첩으로 몰려 체포되었을 것이라고 생각하니 소름이 끼쳤고 2차 모임에 가지 못하게 붙잡은 대전 선배인 홍교수가 그렇게 고마울 수가 없었다.

1년 반 쯤 지나 무교동을 지나갈 때였다. 앞에서 다리를 저는 장애인 남자와 함께 팔짱을 낀 여성이 걸어오고 있었다. 비정상적으로 보일 정도의 나약한 남자에 비해 여자는 미인이었는데 어디서 본 기억이 있었다.

바로 지난번 나에게 재일 교포 서울대 유학생을 소개시켜 주려던 L 강사의 부인이었다. 그는 결혼했었기 때문에 대학에서 부인도 자주 보았다. 부인에게 아는 체 하려는데 벌써 상대 여성이 나를 알아본 듯 뒤에 누가 따라온다고 아는 체하지 말라는 것 같은 눈치를 보냈다.

눈치를 채고 모른 체하며 뒤를 보니 그들 뒤로 3사람 건너 점퍼를 입은 한 사람이 따라가고 있었다. 내가 정보부에 끌려갔을 때 정보부원들이 입었던 점퍼였다.

그는 간첩단으로 체포되었다가 1년 반 후에 풀려났으나 당국에서 고문을 받고 장애인이 된 것 같았다.

그 모습을 보면서 유명 대학 교수 아들도 하루아침에 간첩으로 몰려 고문 당하는데 나처럼 배경도 없고 북한에서 넘어온 '삼팔따라지'는 더 큰 일을 당할 수 있다고 생각하니 정말 무섭고 소름이 끼쳤다.

당시는 10월 유신을 앞두고 정보 정치가 심하고 억울하게 인권이 탄압 받던 시대였다. 정부의 정식 10월 유신 선포를 앞두고 대학에서는 그런 낌새를 이미 알 수 있었다.

서울대에서 석사를 한 대학 친구 강사는 박사 학위를 받기위해 대만으로 갔다가 돌아왔다. 그가 박사를 받고 돌아온 줄 알았으나 알고보니 비밀리에 박정희의 유신 체제를 연구하기 위해 대만에 가서 장개석 총통과 그

아들 장경국 총통의 집권 방법을 배워 온 것이었다.

또 대학 강의실에까지 정보원들이 학생으로 위장해 들어와 정보를 수집하기도 했다. 이들은 주로 학사 편입 명목으로 이 대학, 저 대학을 옮겨 다니면서 학생으로 위장했다.

어느 날 우석 대학교에서 강의를 하고 있는데 한 여학생이 눈짓으로 신호를 보냈다. 그 여학생은 우리 대학 '머루다래회' 봉사회원이었다. 그 신호는 앞에 있는 남학생이 계속 수상하게 속기록을 쓰고 있다는 것이었다.

그때 나는 강의 시작하기 전 10분 정도 시사 문제를 이야기 하고 있었기 때문에 학생들이 필기를 할 필요도 없었고 속기록으로 다 적을 필요는 더욱 없었다.

순간적으로 그 학생이 수상하다는 생각으로 예수의 최후의 만찬 이야기를 하면서 "인간에게는 예수님을 판 유다와 같은 유형이 있다"라고 말하며 가지고 있던 분필을 학생 쪽으로 던졌다.

분필이 그 학생 근방에 떨어질 줄 알았는데 정확히 학생의 뺨에 맞았다. 학생이 "억" 하고 앞으로 고개를 숙이는 순간 주위 학생들이 그의 노트에 적힌 속기록을 보고 그를 붙잡았다.

그리고 어느 과 학생이냐며 물었다. 수상한 학생은 자신이 청강생이라고 했으나 대학에는 청강생이 없던 때였다. 학생들은 그가 정보원인 가짜 학생이라며 때리려고 했다.

학생들이 때리려는 것을 말린 후 교무실로 데려갔으나 대학측에서는 진상을 알아보겠다며 "선생님은 강의만 하면 된다"라고 말했다. 그것도 나중에는 흐지부지 되었다.

이처럼 정보부원들이나 형사들이 학생으로 위장해 강의실까지 들어와 유신에 반대하는 학생들의 동태나 교수들의 강의 내용들을 당시는 녹음기가 없었기 때문에 속기록으로 수집하는 일이 많았다.

이 사건 후 정말 학생들 중에도 정보부원들이 있다는 두려움으로 강의에 매우 조심했다.

대학에서 퇴출된 후 이같은 사실을 실제 확인했다. 강의를 듣는 학생 중에 나이가 많은 학사 편입 학생이 있었다. 재수를 하고 군대도 다녀와서 나이가 많은 것으로 생각했다.

그러나 이 대학, 저 대학을 많이 다녔고 더 좋은 성균관대에서 우석대학교로 온 것이 이상해 이유를 물어보았으나 말을 피했다.

대학을 떠난 후 미국 가기 전 이 학생이 나를 찾아와 사실은 자기가 정보부원이었다고 고백 하는 것이었다. 정말 당시는 대학 강의실마저 표현의 자유가 보장되지 않았던 살벌한 시대였다.

PART 18

고려대학 강사에서 퇴출

우석 대학에서 전임강사로 강의를 하고 고려대 교육대학원을 졸업해 석사 학위를 받은 후에는 고려대학교 문과대와 이공대에서도 함께 강의를 했다.

고려대학교 교육대학원 졸업사진

당시 1972년 10월 17일 박정희 대통령이 계엄을 선포하고 국회를 해산한 후 행정, 입법, 사법 3권을 모두 장악하고 장기 독재를 할 수 있는 10월 유신 헌법이 선포되었다. 이에 따라 유신 반대 운동이 크게 일어나고 탄압도 거세졌다.

유신 헌법이 선포되기 전인 그해 1학기에 고려대 교육원장인 이중 박사가 나를 불렀다. 그는 "학교를 1학기까지만 하고 유신이 잠잠할 때까지 3년만 미국이나 일본, 호주에 나갔다 오면 다시 복직 시켜주겠다"라며 권고사직으로 학교를 떠날 것을 요청했다.

나는 당시 32살이었고 결혼해 딸이 둘이나 있고 약국을 하고 있어 가족이 외국으로 나갈 상황이 아니었기 때문에 그럴 수 없다고 거절했다. 이 원장은 난감한 표정을 지으며 "부인이 약사인데 현재 미국에서 약사 이민을 받고 있으니 생각해 보라"고 재차 권유했다.

차박사에게 이 같은 사실을 말하니 "그러면 중대나 숙대 등 다른 대학으로 내가 보내 줄 수 있는데 한번 이 교수 집을 찾아가 자세한 내용을 알아보자"고 말했다.

고려대학교 교육대학원 졸업식 때. 왼쪽 2번째 차석기 박사

차박사와 함께 불광동에 있는 이중 교수 집을 찾아갔다. 그 때서야 이교수는 "곽선생이 지금 고대에 있으니까 괜찮지 다른 학교에 가는 것을 남산이 알면 현저동(서대문 형무소)에 4년이나 있을 것"이라고 우려했다.

그 이유는 내가 대학에서 학생 리더들과 많이 접촉하고 상담도 하고 현 시국에 대해 바른 소리도 해서 학생들에게 데모를 선동한 반정부 인사로 블랙리스트에 올라 있기 때문이라고 사실을 설명했다.

그러면서 "위험인물로 낙인이 찍혀 있기 때문에 지금 조용히 미국에 가서 놀다 오라"고 권했다.

반정부 인사로 낙인 찍혀 형무소에 갈 수 있다는 사실에 놀라고 염려되었지만 어쩔 수 없었다. 할 수 없이 학기를 끝으로 고려대학교 강사직을 그만 두어야 했다. 당시 고대 신문사 기자는 마지막 강의 후 교정 여러 곳에서 사진을 찍어주고 나에게 보내주었다. 지금도 그 사진을 볼 때마다 그때의 아픈 추억을 되새기고 있다.

고려대학교 강사시절. 오른쪽 곽종세

우리 가족은 할 수 없이 3,4년 동안 미국에 살다 오기로 하고 대사관에 비자를 신청했다. 그러나 아내와 6살과 3살이었던 두 딸의 비자는 나왔지만 내 비자만은 나오지 않았다. 남산 정보부에 끌려갔을 정도로 블랙리스트에 올라 있었기 때문이었다.

이미 미국행을 결정하고 집과 약국도 다 팔았는데 정말 난감한 큰일이었다.

걱정하고 있던 중 대학의 김 모 교무과장이 자기를 좀 보자고 해서 다방에서 만났다. 그는 내가 대학에서 지도 교수로 있던 '머루다래회' 봉사회에서 일을 하고 있었을 때 1학년인 조카를 가입시켜 주길 부탁한 적이 있었다. 회원은 2학년 이상이어서 가입이 되지 않았으나 힘을 써줘 회원이 되게 해주었다.

이 봉사회는 당시 대통령상을 받을 정도로 유명한 전국적인 대학 봉사회 이었고 청와대에서 육영수 여사가 대학에 직접 상을 주기로 되어 있었다. 그래서 학생 2명과 함께 미리 청와대에 들어가 행사 일정을 조율하기도 했었다.

김과장은 예전에 조카를 회원 가입시켜 준 것에 다시 고맙다는 말을 하면서 "요즘 걱정이 많으시겠습니다"라고 말했다.

나는 걱정이 없다고 했더니 대뜸 "그래요? 혹시 비자 신청하신 적 있습니까?"라고 물었다.

내 비자가 나오지 않았다는 것을 아무에게도 말하지 않았는데 이미 알고 있었다. 그리고 "사실 내 고향 친구가 남산 정보부에 있는데 대학 담당"이라며 지난번 조카의 봉사회 가입을 도와주었으니 이번에 자신이 신세를 갚고 싶다고 말했다. 그러면서 자신의 집에 가서 자세한 이야기를 하자고 했다.

상도동 그의 집은 바로 당시 김영삼 국회의원 집 바로 위에 있었다. 그는 자신이 친구에게 부탁할 터이니 내일 다시 만나자고 했다.

다음날 그는 "어제 친구에게 이야기 했는데 도와 줄 수 있다고 했다"라며 주말에 같이 만나자고 말했다.

PART 19

미국 피신과 비자

약속한 날 나와 김과장은 삼각지 로터리 2층 다방에서 남산 정보부 친구라는 사람을 기다렸다. 5분 후에 키가 크고 험악한 인상의 40대 남자가 들어왔다. 김과장과 "야, 어떻게 지냈느냐" 라고 반갑게 대하며 고향 친구임을 과시했다.

10분 후에 50대로 보이는 키가 작고 대머리인 남자가 들어왔다. 그는 김과장 친구를 보자마자 "J사장님" 이라고 부르며 90도로 허리를 숙여 인사했다.

이때 J사장이라는 사람은 "당신 요즘 너무 바쁜 것 같아" 반말을 하면서 지난 주 월요일에는 마이클을 만나고 화요일은 탐, 수요일은 잭슨 만났다는 등 그가 지난주에서 이번 주까지 매일 만난 미국 사람들 이름을 보지도 않고 줄줄이 밝혔다.

그러자 대머리 남자의 얼굴이 갑자기 창백해지더니 바로 바닥에 무릎을 꿇고 "살려주십시오. 살려주세요" 하는 것이었다. 내가 창백한 사람의 얼굴을 본 것은 10살 때 목택동 사건에서 본 담임선생의 얼굴에 이어 두 번째였다.

J사장은 손님들이 본다며 일어나 앉으라고 좋게 말한 후 "그 일은 신경 쓰지 말고 오늘 다른 이야기 할 것이 있으니 조용한 곳으로 가자"고 말했다.

그는 택시를 탄 우리를 수유리 신석희 선생 묘역을 지나 커다란 기와집으로 가게 했다. 집 앞에 도착해 빵빵하고 크락션을 누르니 문이 저절로 열렸다. 안으로 들어가니 넓은 마당에 여러 대의 차들을 주차할 수 있는 주차장도 있는 고급 대형 요정이었다.

우리가 온다는 소리에 주인인 것 같은 마담이 저쪽에서 버선발로 뛰어나오는 것을 보니 정보부 높은 사람인 것을 알 수 있었다. 이 모임에서 J사장은 대머리 남자에게 나를 자기 친구 동생이라고 소개하고 미국 대사관에서 비자가 안 나왔는데 어떻게 도와줄 수 있느냐고 물었다.

그러자 대머리 남자는 "알겠습니다"라며 2주 후쯤 대사관으로 오라고 자신 있게 말했다. 또 예전에 받았던 가족 3명의 비자를 취소하고 새로 4명의 비자를 받아야 한다고 설명했다.

알고 보니 J사장은 정보부 과장급이었고 대머리 남자는 미국 대사관에서 비자를 내 줄 정도로 높은 지위에 있었다.

특히 대머리 남자는 구체적으로 대사관에 아침 9시쯤에 와서 기다렸다가 9시45분에 정문에 와서 제지하는 사람에게 꼭 "9시45분에 약속이 있다"라고 영어로 말해야 한다고 자세히 방법을 가르쳐 주었다.

또 대사관 안으로 들어오면 비자 심사하는 여러 칸막이들을 지나 맨 끝쪽 문을 통해 들어가면 10시 정각에 자신이 나타나고 10시15분에 내 이름을 부른다고 알려주었다.

당시 대사관은 비자를 받으려는 사람들이 아침 일찍부터 밖에서 줄을 서 기다리기 때문에 건물 주위를 한 바퀴 돌 정도로 많은 사람들이 줄 서 기다리고 있었는데 우리에게는 급행 비자 심사를 약속한 것이었다.

J사장은 대머리 남자에게 고맙다며 "다음에 내가 술 한 잔 살 테니 먼저 가라"고 말했다. 그가 떠난 후 J사장은 내가 할 일을 지시했다. 그는 내일 12시 우리 직원이 약국에 갈 테니 같이 은행에 가서 요구한 돈을 입금한 후 새 통장과 도장을 만들어 통장은 직원에게 주고 나는 도장만 갖고 있으라고 말했다.

또 비자가 속달로 전달될 것이고 나오는 날 12시 직원이 다시 갈 것이니 은행에 함께 가서 돈을 찾아 직원에게 주라는 것이었다. 이처럼 정확한 계획에 반신반의 했지만 일단 믿어보기로 했다.

비자를 받기로 한 날 우리 가족 4명은 정확히 대머리 남자가 이야기 한 대로 수많은 대기자 중에서 "9시45분 약속이 있다"라고 했더니 정문에서 무사통과되었다.

그것은 암호였다. 미국에 온 후 LA에서 한인들을 만나 우연히 나의 이야기를 했더니 그 자리에 있는 한 사람은 자기도 같은 비자 문제였는데 대사관에 일찍 들어가려는 욕심으로 암호를 9시30분으로 잘못 말했다가 들어가지 못했으며 그로인해 몇 개월 더 고생했다고 말하기도 했다.

우리의 경우 모든 것이 대머리 남자가 이야기 한 그대로 정확히 이뤄져 가족이 안으로 들어가 조그만 방에서 기다리니 정각 10시 그가 나타났고 10시15분에 내 이름을 불렀다.

그는 우리 가족을 앉혀 놓고 미국인 부영사에게 심사를 받게 했다. 그는 지난번 심사를 받았는데 서류가 잘못되어 한명이 거부되었다며 새로 신청했다고 설명했다. 또 내가 고려 대학 강사이고 부인이 약사로 미국에 약사 이민을 갈 예정이라고 설명했다.

부영사는 미국 어디로 갈 거냐고 물어 시애틀로 간다고 했더니 누가 마중 나올 거냐고 물었다. 친구인 김현길 박사가 나올 것이라고 했더니 시애틀은 아름답고 살기 좋은 도시라며 바로 OK를 하고 사인을 해줬다.

한국 출국 전 김포공항에서. 배웅 나온 이정웅 서울 상록회 회장과 남의진 교수와 함께

대사관 비자는 당시 3개월 정도 후에 도착하는데 우리는 지난번 그들이 이야기 한 대로 한 달 만에 속달로 특별 배달되었다.

나의 30대 사진

뿐만 아니다. 오전 9시 반에 우체부가 비자를 가져와 가족들이 좋아서 포옹을 할 정도였는데 정확히 낮 12시 J사장 직원이 나타났다. 그는 "비자 잘 받았지요?"라고 말해 이미 이들이 모든 것을 다 훤히 알고 있다는 것을 확인했다. 모든 일이 해결되었기 때문에 함께 은행에 가서 통장의 돈을 찾아 주었다.

비자를 받기위해 그들에게 준 금액은 대학 김과장이 알려준 액수로 당시에는 큰돈이었으나 정말 모든 것이 정확히 이뤄졌다. 더 놀라운 일이 있었다.

한국을 떠나는 날 공항에는 제자 학생들과 교수, 친척, 처가 식구까지 70명 정도가 배웅을 나왔다. 이때 뜻밖에 공항에 J사장과 그 직원들 7명이 나왔고 그들은 나에게 깍듯이 경례를 했다.

그리고 J사장의 지시로 우리를 안내해 귀빈실로 들어가게 했고 우리 짐도 무사통과 시켜주었다.

J사장은 이미 우리에게 미국에 갈 때 짐을 그냥 통과시켜줄 터이니 돈 가치 있는 것은 모두 가져가라고 사전에 이야기를 했었다. 정말 모든 것이 처음부터 끝까지 이들의 말대로 정확히 이뤄져 놀라지 않을 수 없었다.

정말 당시는 정보부뿐만 아니라 미국 대사관, 세관까지도 권력과 돈이면 다 해결되는 부정부패가 만연한 시대였다.

그러한 한국을 우리 가족은 1973년 3월23일 떠나 시애틀로 향했다. 이 날은 내 생일 후 한 달되는 날이어서 정확히 기억하고 있다.

제**3**부

뿌리 내린 제 3 고향 미국

PART 20

시애틀 도착

당시 한국에서는 시애틀로 오는 직항 노선이 없었다. 우리 가족 4명은 노스웨스트 항공으로 일본 하네다 공항에서 갈아탄 후 드디어 시애틀에 도착했다.

시애틀에 도착하기 전 비행기는 정상이 사철 만년설로 덮여 있는 레이니어 산(1만4411피트)을 한 바퀴 돌고 퓨젯사운드 바다 위를 지나 시택 공항에 착륙했다.

마침 날씨가 좋은 3월이어서 한국에선 볼 수 없었던 높은 만년설의 레이니어 산이 웅장하게 우뚝 솟아있어 감탄을 주었다. 태평양에서 시애틀과 타코마와 올림피아까지 이어지는 내해인 퓨젯사운드 바다는 파란 물결 위에 수많은 요트와 돛단배들이 보여 정말 너무 아름다웠다.

공항에 도착한 비행기 창밖으로 보니 주위엔 많은 전나무들이 보여 산과 바다와 숲으로 둘러싸인 시애틀이 아름답고 평화롭게 보여 감탄을 자아냈다.

아내도 시애틀이 너무 좋다고 기뻐했다. 한국을 떠날 당시 서울은 매우 추웠으나 시애틀은 3월인데도 따뜻한 날씨가 더욱 좋았다.

공항에는 고맙게도 김현길, 김성길 형제 내외가 마중 나왔다. 김현길 지리학 박사는 시애틀에 있는 UW 대학에서 박사학위를 받은 후 연방 주택도시성과 국토 안보부에서 오랫동안 근무하였으며 박사 취득 후 한국에 몇 차례 와서 친분이 있었다.

김성길씨는 1976년에 시애틀 한인회장을 역임했으며 나의 친구인 우석

시애틀에 도착했을 때 마중 나온 김현길 박사와 김박사 어머니

대 남의진 교수의 고향 후배여서 역시 한국 방문 때 김박사보다 먼저 만났었다. 그는 미국에 있다가 한국 노동청에서 근무하기도 했으나 다시 시애틀에 본사가 있는 항공기 제작사 보잉사에서 근무했다.

미국에 가려했을 때 원래는 아내의 직장이 있는 뉴저지로 가려했으나 한국에서 만난 김현길 박사가 시애틀을 자랑하고 알려주어서 결국 시애틀로 오게 되었다.

그러나 김박사보다 먼저 시애틀을 적극 알려준 영국 사람이 있었다. 그는 영국 맨체스터 대학교에서 동양 사학을 전공하고 일본 사세보 대학 1년 수강 후 서강대학원에서 공부하고 있었다.

친구의 소개로 알게 되었는데 미국에 간다니까 그는 방학에 미국을 히치하이킹으로 3번이나 돌아봤다며 뉴욕, 보스턴, LA, 시카고, 시애틀 5곳을 소개했다.

미혼인 그는 결혼하면 살고 싶은 곳이 시애틀이라며 시애틀은 공기 맑고 물 좋은 자연 뿐만 아니라 당시 세계 최대 항공기 제작사인 보잉과 미

아름다운 시애틀 다운타운

국 최대 목재 및 제지 생산 회사인 웨어하우저 등 주요 회사가 있어 미래가 있고 살기 좋은 곳이라고 적극 권장했다.

70년대 초 만해도 시애틀은 한국에는 거의 알려진 곳이 아니었다. 심지어 당시 유학생들도 몇 명밖에 없었고 우리 가족이 시애틀 첫 한인 이민 세대일 정도로 한인이 거의 없었다.

지금은 영화 '잠 못 이루는 시애틀'로 유명한 시애틀은 보잉과 웨어하우저는 물론 세계 최대 온라인 판매 기업인 아마존을 비롯해 역시 세계 최대 소프트웨어 회사인 마이크로 소프트, 세계 최대 커피 전문점 스타벅스, 세계 최대 도매 할인점 기업인 코스트코 등이 있고 한인 인구도 2020년 인구센서스 조사에 의하면 시애틀과 워싱턴주에 9만602명으로 미국에서 4위일 정도로 많다.

시애틀에 도착한 우리는 김박사가 미리 마련해준 시애틀 오로라 45가 오로라 브리지 인근에 있는 아파트에 입주했다. 아파트 창문으로 UW 대학 캠퍼스가 보이고 레이크 유니온 호수가 보이는 전망이 너무 아름다웠다.

이 아파트에는 한국인들은 전혀 없고 미국 노인들만이 살고 있었다. 그런 곳에서 어린 두 딸들이 밖에서 떠들고 특히 집을 잘 몰라 옆집을 두드리는 경우가 많아 문제가 생겼다.

옆집에는 밤에 일하고 낮에는 자야하는 간호사가 살고 있었는데 우리 딸들이 그 옆집 문을 잘못 두드려 잠을 잘 수 없다고 불평을 관리소에 하는 바람에 우리는 다시 시애틀 다운타운 메디슨 지역 아파트로 옮겨가야 했다.

PART 21

미국 공무원 10년

모든 것을 새롭게 시작해야 하고 영어도 유창하지 않았지만 감사하게도 미국에 온 후 일자리를 잡을 수 있었다.

당시 미국에서는 교사, 교수, 의사, 간호사, 약사 등 미국에 필요한 특수 직업 이민자들에게는 일정 기간 돈을 주며 교육을 시키고 취업시키는 정부 프로그램이 있었다.

나는 한국에서 대학 강사를 했기 때문에 자격이 되었고 시험에 합격해 1년 기간 교육을 받고 공무원인 워싱턴주 특수 교육 카운슬러로 취업을 했다.

재미있는 일은 은퇴하기까지 근무 한 날이 정확히 10년 하고도 하루를 더 한 것이었다. 그것은 직장 동료의 충고 때문이었다. 직장에 6,7년 다녔을 때였다. 같이 일하던 샘이란 친구가 25년을 근무하고 은퇴했다. 은퇴 축하식에 참석했을 정도로 친한 사이였는데 한 달 후 나를 찾아왔다.

그는 "John, 너에게 해줄 중요한 이야기가 있다"라며 정색을 하고 자신의 처지를 설명했다.

John은 미국에 와서 시민권을 받고 새로 지은 내 이름이다. 원래 시민권 받기 전에는 '종세' 그대로 사용하다 보니 미국 사람들은 "Chong" 이라고 불렀다. 우리들은 '종세' 이름을 다 부르는데 미국인들은 앞 '종'만 부르다 보니 듣기에 사격 '총' 이나 우리가 강아지를 부를 때의 '쫑' 같게도 들려 어색했다.

시민권을 받을 때 새 이름을 정해야 했다. 친한 미국 친구가 내 이름 '종세'의 첫 '종'이 사도 요한 'John'과 비슷하고 부르기도 좋다고 권유했다. 그러나 또 다른 친구들은 John이 미국에서는 매춘 고객을 부르는 나쁘고 너무 흔하다고 반대했다.

친구 샘은 자신이 25년을 근무하고 은퇴했으나 하루가 모자란다는 이유로 연금을 20년 치 밖에 주지 않아 소송 중이라며 "미국에서는 10년,20년,25년 근무하다 은퇴하든 지간에 꼭 하루를 더해야 한다"라고 충고했다. 그 이유는 4년마다 윤달이 있기 때문이었다.

그는 하루 일을 덜 했다가 소송 변호사비로 몇 달치를 내게 되었다며 은퇴하려면 꼭 하루를 더 해야 한다고 강조했다.

나는 미국 첫 직장으로 공무원 생활을 시작했지만 그것만 가지고는 가족을 부양하기에 부족해 주말이면 은행에 가서 청소 일로 부수입을 벌기도 했다.

특히 직장에 다니면서 비즈니스에도 눈을 떠 결국 10년 만에 공무원을 은퇴하고 비즈니스를 성공적으로 하게 되었다.

원래 미국에 와서는 직장이나 비즈니스 보다는 공부를 하고 싶어 했다.

가톨릭 교인이지만 시애틀에는 당시 한국 성당이 없어 형제 교회를 다녔다. 그때는 교회가 유일하게 한인들이 만나고 정보도 교환할 수 있는 장소였다.

교회에서 유재건 변호사와 오계희 박사를 사귀게 되었고 한인사회에서 신호범 교수도 알게 되었다.

유재건씨는 당시 UW 대학원에서 사회학 박사과정 공부 중이었다. 그는 그 후 1977년 데이비스 캘리포니아 대학에서 법학박사 학위를 받고 변호사 시험을 준비하던 중 '새크라멘토 유니언'지 기자였던 이경원 씨와 '이철수 구명위원회'를 구성해 구명에 나섰다.

이철수 사건은 1973년 로스앤젤레스의 재미동포 1.5세인 이 씨(당시 21세)가 갱 단원을 살인한 혐의로 구속돼 종신형을 선고받자 한인사회를 중심으로 구명운동을 벌여 1983년 무죄 석방된 유명한 사건이다.

캘리포니아에서 공부하던 때 유재건씨는 어느 날 연대 동기를 만났는데 시애틀에 들릴 예정이라며 나에게 한번 만나보라고 했다. 만나보니 우석대 강사시절 같이 강의를 했던 교수여서 반가웠던 추억도 있다.

그는 그 후 한국에서 국회의원으로 활동하기도 했고 한화갑의원과 함께 나중에 시애틀을 방문해 함께 시간을 보내며 옛날이야기로 꽃을 피우기도 했다.

그가 시애틀 UW에서 유학할 때 나와 유재건, 신호범 박사는 부부 동반으로 우리 집에서 식사를 할 정도로 서로 친해졌다. 이때 UW 유학파인 유재건, 신호범, 오계희 박사는 나에게도 UW에서 공부를 할 것을 권유했다.

다시 공부하고 싶은 마음으로 UW 캠퍼스를 방문하고 정보도 얻었다. 우선 1년은 어학 공부라도 하고 싶었다.

직장을 얻게 된 후에는 낮에 직장을 다니고 야간에 대학을 다니려는 마음을 몇 년 동안 품었으나 신호범 박사 권유로 비즈니스를 하게 되자 너무 바빠 공부의 꿈은 접어야 했다.

'Garden이란 주점에서'

−곽종세

가면 속에 날 파묻고
싶어라 이제는...

'파우스트'의 각본 속에
그대의 찬 손이나 만져본다

낙엽처럼 휩싸여
떨려 퍼진

불꽃을 서럽게 밟고
지겹게 무뎌버린 발자국을
찾는다.

설익은 밴드 소리에
못 다한 사연들을
동공 속에 감추고
목석처럼
병태처럼
빙글빙글 파묻혀 간다.

(한국을 떠나 불확실했던 초기 이민생활
시절에 쓴 시. 1975년 2월 어느 자정에)

PART 22

신호범과 비즈니스

미국 생활에서 경제적으로 안정을 이룰 수 있었던 동기는 신호범 박사(Paull Shin)를 만났기 때문이었다. 그는 미국에 입양된 후 한인 최초로 워싱턴주 상원과 하원 5선에 당선된 자랑스러운 한인이다.

1935년 경기도 파주의 가난한 집에서 태어난 그는 어머니 별세 후 6살에 가출, 거리소년과 미군 부대 하우스보이로 떠돌았으나 1954년 치과의사인 레이 폴(Ray Paull) 미군 장교에게 입양되어 유타주 솔트레이크시티로 입양되었다.

98년 본국 정부 포상 식 때 축하해준 신호범 박사(왼쪽 두 번째)

1985년 12월14일 열린 시애틀 한인 OB 축구회와 워싱턴주 대표 여자 축구팀 Cozars 와의 친선경기.
안세훈 총영사(앞줄 오른쪽 5번째)와 부츠 가드너 워싱턴주지사(뒷줄 중앙), 신호범 박사(앞줄 오른
쪽 두 번째)도 참가. 뒷줄 오른쪽 두 번째 곽종세

한국에서 초등학교를 졸업하지도 못하였으나 미국 대입 검정고시인
GED를 공부해 브리검영 대학교에서 정치학 학사, 피츠버그 대학교에서 공
공국제학 석사, 그리고 73년 워싱턴 대학교에서 박사학위를 취득하였다.

그를 처음 만났을 때는 1973년 12월 시애틀 한인회 주최로 UW 대학
HUB 회관에서 열린 한인들의 최대 행사 중 하나인 '아리랑의 밤'이었다.
200여명 정도가 모이는 이 행사는 푸짐한 한식과 한국 노래가 연주되고
댄스 파티까지 있어 타국 생활에 외로운 한인들에게는 즐거운 시간이었고
한인들을 만나 교제할 수 있는 시간이기도 했다.

초창기 이민생활 시절에는 한인 이민자들이 매우 적어서 UW 유학생 출
신들이 한인회 등에서 많은 사회봉사를 했다. 나도 자연스럽게 신호범 박
사와도 가까워져 그가 UW에서 박사학위를 받을 때 졸업식장에까지 가서
축하해 주었다.

신호범 박사는 당시 쇼어라인 커뮤니티 칼리지 교수였지만 영어를 잘 모
르는 한인들을 위해 시애틀 한인 최초로 부동산 에이전트로도 일했다.

신호범 전 워싱턴주 상원의원 장례식 때 부인 다나 씨와 함께. 오른쪽 5번째 곽종세. 이민 초기부터 50여년을 형제로 사귀었던 신호범 박사는 알츠하이머 투병 끝에 2021년 4월 12일 86세로 별세했다.

그는 1975년 여름 쯤 시애틀 매그놀리아 지역에 아래층에 마켓이 있고 위층에 2베드 규모 유닛 3개가 있는 좋은 비즈니스 건물이 있다며 내 집을 팔고 비즈니스를 구입할 것을 권했다.

나는 전혀 그로서리 마켓을 해본 경험이 없어 할 수 있는지 알아보기 위해 마켓을 신박사와 함께 가봤다. 미국 노인 부부는 마켓을 17년 하다 은퇴하고 팔려고 하는데 위치도 좋고 마켓에서 제일 중요한 냉동 시스템을 개조해 운영하기에 좋은 것 같았다.

그로서리를 할 수 있다는 생각으로 기존 집을 팔고 마켓을 구입했다. 집은 원래 집값 반을 다운 페이먼트 하고 산 것인데 다행히 집값이 많이 올라 2년 반 만에 다운페이먼트 한 것이 배로 뛰어 가격이 50%가 올라 도움이 되었다.

마켓을 산 후 직장에 다니면서 미국인 전 파트타임 종업원을 두고 운영했다. 아내는 보조 간호사로 일하던 직장을 그만두고 파트타임 하던 전 종업원과 함께 마켓을 운영하였다.

한국에서 두 번이나 약국을 직접 운영했던 경험이 많은 도움이 되었다.

직장을 다니면서 아이들 돌보기가 힘들었으나 직장이 바로 아래층에 있고 이층에 살림집이니 아주 편리했다. 종업원도 이층에서 살고 있으니 모든 것이 좋았다.

지금은 한인들이 마켓을 많이 하고 있고 대형 한인 마켓도 있지만 당시 시애틀에는 한인들이 운영하는 미국 마켓은 불과 3개뿐이었다. 나와 함께 고대 선배인 조요한, 이규조 씨가 미국 마켓을 하고 있었다. 한인 그로서 리 마켓은 차이나타운에서 강태원 씨(전 중앙일보 시애틀 지사장), 임모 씨 운영의 오대양 마켓 2개 뿐 이었다.

'Dravus' 마켓은 생각보다 비즈니스가 잘되었다. 마켓 인수 후 다듬기 힘든 야채 판매를 중단하고 그 자리에 다른 물건을 진열했으며 술도 처음 으로 수입 맥주들을 팔았는데 히트를 했다.

특히 레이크 유니온 호수가 앞에 있어 여름철에는 배를 타고 나가는 사 람들이 캔 맥주를 많이 사갔다. 인근에 마켓들이 있었지만 대형 새 쿨러 는 우리 밖에 없어 시원한 맥주들이 많이 팔렸다.

조기축구 동우회원들. 안세훈 총영사(앞줄 오른쪽 2번째), 신호범박사(앞줄 왼쪽), 곽종세(뒷줄 왼쪽) 도 함께 축구를 했다.

우리 마켓 건너편에 QFC 대형 슈퍼마켓이 있었는데 맥주 운반 트럭 운전사는 QFC 보다 우리가 더 많이 캔 맥주를 판다고 말할 정도였다.

그러나 마켓을 운영하는데 위험성도 있었다. 78년 어느 날 오후 마켓에서 혼자 일하고 있었는데 20대로 보이는 젊은 백인 두 명이 들어왔다. 가게를 둘러본 후 한명이 나가고 다른 한명은 남아 물건을 고르는 척 했다.

마침 한가한 시간이어서 다른 손님들은 없었다. 갑자기 백인이 "Hold

내가 구입한 밸라드의 Starlight Hotel. 미국 랜드마크로 지정된 역사적인 호텔 건물

Up" 하고 소리치더니 카운터 뒤에 있던 나에게 다가와 윗옷 주머니 속에 총이 있는 시늉을 했다. 말로만 듣던 무장 강도였다.

그러나 진짜 총을 밖으로 보여주지 않았기 때문에 혹시 장난감 총이나 아예 총이 없이 손으로 흉내를 낸다는 생각이 들었다. 그래서 겁이 나지 않았고 "거짓말 말고 총이나 보여달라"고 요구했다. 총만 가지지 않았으면 칼 정도는 나의 실력으로 제압할 수 있었기 때문이었다.

그러자 강도는 옷 밖으로 총 끝만을 보여주더니 카운터 밖으로 나오라고 명령했다. 총 끝을 그가 무겁게 잡고 있는 것을 보니 진짜 총 같았다.

그러나 총알이 없을 수도 있다는 생각도 들어 여차하면 달려들어 손목을 꺾으려 했다.

카운터 밖으로 나오자 강도는 안으로 들어가 현금출납기를 열고 안에 있는 돈을 움켜쥐었다. 그 속에는 돈이 얼마 없었다. 가게 인수전 이미 전 주인은 강도에 대비해 돈은 항상 다른 곳에 숨기고 현금 출납기에는 1불, 5불, 10불짜리 몇 장만 두라고 했다. 당시 담배 한갑이 1불(현재는 10불)이어서 20불도 큰돈이었기 때문에 20불짜리 지폐는 다른 곳에 숨겨야 된다고 했다.

강도는 "돈이 더 없느냐?"고 물어 없다고 했더니 계속 옷 속으로 총 끝을 보이며 뒷걸을 쳐서 밖으로 나갔다. 얼른 따라가 보니 처음 들어왔다가 나간 남자가 밖에서 차를 대기하고 있다가 함께 달아났다.

경찰에 신고하자 15분 후에야 경찰이 왔으나 범인들을 잡지는 못했다. 나중에 경찰서에 가서 여러 용의자들 사진을 보았다. 강도 당시에는 강도의 인상착의를 확실히 알고 있었던 것 같았으나 백인들 얼굴이 비슷하고 가짜 수염을 단 사람들도 있어 혼동이 되고 알 수 없었다.

경찰은 강도들이 또 들어올 수 있다며 비상 장치를 달라고 권했다. 당시는 지금처럼 감시 카메라가 많지 않았던 시대여서 우리 마켓에도 전혀 감시 카메라가 없었다. 경찰은 마켓 코너마다 감시 거울을 달고 현금 출납기 안에 비상 장치를 설치 한 다음 비밀 카메라에 연결하면 범인들 행동이 그대로 기록된다고 말했다.

또 절대 범인과 말다툼이나 불안해 하지 말고 현금을 달라면 현금 출납기를 열고 갖고 가라고 해야 한다고 충고했다.

그래서 당시 마켓을 하는 한인들 중에서는 처음으로 감시카메라를 달았다. 그 후부터는 강도들도 이것을 알았는지 전혀 오지 않았다. 그러나 마켓 대상으로 하는 무장 강도 사건들이 늘어나자 우리는 장사가 잘 되어 계속 할 수 있었으나 안전을 우려해 그만두었다.

팔기 전 마켓 비즈니스가 잘 되자 바로 앞에 있는 6 유닛 아파트를 역시 신호범씨를 통해 구입했다. 그러나 직장에 다니면서 마켓과 아파트 운영에 바쁘고 강도도 당하자 5년 만에 마켓을 팔고 2년 후에는 건물까지 다 팔았다.

대신 79년에는 밸라드에 있는 18개 룸이 있는 호텔을 구입했다. 100년 역사가 있는 이 건물은 첫 스칸디나비안 아메리칸 뱅크 건물이었다가 호텔로 바뀌진 것이었다. 이 호텔을 사는 것은 신호범씨도 반대했으나 나는 미국의 랜드마크로 지정된 역사적인 건물을 가지고 싶다는 생각으로 구입했다.

85년에는 오로라 지역에 36유닛이 있는 모텔도 구입했다. 모텔과 호텔, 아파트를 경영하고 쇼어라인에 집도 구입하는 등 부동산으로 비즈니스가 성장했고 경제적인 안정 덕분에 한인 사회에서도 여러 부문에서 봉사를 할 수 있게 되었다.

그러나 아내가 치매를 앓기 시작하자 아내를 돌보기 위해 2011년 모든 것을 처분하고 사업에서 은퇴했다. 돈보다 사랑하는 아내의 건강이 더 중요했고 특히 아내와 함께 더 많은 시간을 갖기 위해서였다.

'연 가'

−곽종세

어느 날
그대 호수 같은 눈동자 속에
내 마음 풀어 누었던 밤

흘러간 멜로디에 안겨
춤을 추던 피로한 가슴에
혼을 사르는
그대의 눈빛이 뜨거워라

칠흑 속에
퇴색되어 가던 하이웨이 선
선들이....

아련한 공간
한 점 핵 속에
생명을 잉태하고
객혈을 토한다.

(1975년 4월24일 '한국의 밤'이 있던 날.
떠나온 한국을 그리면서)

PART 23

시애틀 한인회장 봉사

시애틀 한인회는 1967년 창립되었다. 내가 73년 이민 올 때 공항 마중 나온 김현길 박사는 당시 한인회 부회장이었기 때문에 한인회에서 도와줄 것을 부탁했다.

또 한인회장은 한만섭 박사였는데 그는 서울대 공학박사 취득 후 미국에서 미항공우주국(NASA) 연구원으로 근무한 후 68년 시애틀로 이주해 보잉에 근무하며 항공기 설계를 담당하다 93년 은퇴했다.

개인적으로 한박사는 내가 다닌 이북 함흥 반룡인민학교(초등학교) 10년 선배이기도 했다.

23대 곽종세 한인회 이사장이 취임사를 하고 있다.

나는 한인회에서 처음에는 등사 프린트를 하는 등 자원 봉사를 했다가 다음해인 74년 구범회 회장일 때 편집부장을 맡았다. 특히 1990년에는 24대 시애틀 한인회장으로 봉사했다.

한인회에 봉사하면서 미국 생활에서 필요한 생활과 취업 정보를 얻고 다방면의 많은 사람들을 사귀게 되는 등 많은 유익을 얻었다.

시애틀 워싱턴주 한인회는 반세기가 넘는 만 55년 동안 시애틀을 중심으로 한 유학생으로 미국에서 공부를 끝내고 보잉 항공사 등에 근무하며 정착한 교민들 중심으로 시작되었다.

편집부장으로 한 중요한 일은 첫째 한인회보를 매월 발간하여 한인사회의 소식과 직장 소개, 동포들의 사업 광고 및 기타 안내를 홍보하였다.

또 당시 빈약했던 한인 주소록을 보강해 발간하는 것이었다. 그래서 한인들이 많이 모이는 시애틀과 타코마, 올림피아 등 여러 지역 식당, 술집을 찾아가 한인들의 정보를 수집했다.

일부 한인들이 왜 주소록을 만드냐고 물어보면 "한인들 수가 많아야 미국에서 더 많은 혜택을 받고 정치력도 발휘할 수 있다"고 강조했다.

74년 가을에는 스포켄에서 월드 페어가 열렸는데 한국에서 월드비전 선명희 합창단 공연이 있어 구회장과 내가 함께 스포켄에 처음 갔다. 이곳에서 스포켄 초창기 한인들을 만나 그들의 주소도 얻을 수 있었다. 이때 한

이수잔 회장 취임식 때 함께한 역대 한인회장들.왼쪽 3번째 곽종세

장동식 한인회장(오른쪽 두 번째) 과 곽종세 이사장(왼쪽 2번째)과 이점태 부 이사장(왼쪽) 이 조엘 프리차드 워싱턴주 부지사 초청으로 올림피아 주청사를 방문했을 때

의사 부부는 한인회가 수고를 많이 한다며 한번에 10년 치 회비를 주기도 했다.

이처럼 워싱턴주 여러 지역 한인들을 만나는 노력으로 500명 정도의 한인 주소록을 만들 수 있었다.

한인회 편집부장 봉사는 다음해 신호범 박사가 회장이 된 75년에도 계속되었으나 마침 구입한 마켓 비즈니스 일이 바빠 중단해야 했다.

그러나 계속해 매년 열리는 한인회의 3.1절 행사나 아리랑의 밤 행사 등에 빠지지 않고 참석했으며 83년 신호범 박사가 두 번째 한인회장을 할 때 나는 수석 부회장으로 봉사했다.

1990년에는 서울 시경국장 출신인 장동식씨가 한인회장이었고 내가 이사장 이었으나 장회장이 6개월 못가서 별세하는 일이 일어났다. 이 경우 원래 부회장이나 이사장이 회장 임기 잔여기간을 채우는 것이 상식이었으나 한인회는 다시 정식 한인회장을 새로 선출하기로 했다.

그래서 내가 회장 등록금 3,000불을 내고 이사장으로는 이점태씨가 2,000불 등록금을 내고 출마해 내가 24대 한인회장, 이점태씨가 이사장으로 당선되었다.

다음해인 91년에도 나 보고 회장이 되라고 권유했으나 비즈니스에 바빠할 수 없기 때문에 내 대신 총무였던 김동호 박사를 회장 등록케 하고 내가 대신 3,000불을 납부해주었다. 그런데 김동호박사가 등록 후 못하겠다고 사임하자 엉뚱하게 한상국 목사가 자신이 회장을 하겠다고 나서 회장이 되었다.

이 경우 내가 대납해준 3,000불은 돌려주고 한상국 목사가 새로 등록금을 내야 했으나 나에게 돌려주지도 않았다. 지금 생각해도 잘못되었다고 본다.

회장 당시 시애틀 최대 축제인 시페어 행사에 한인회도 참가했다. 만장기를 앞세운 농악패의 흥겨운 가락과 춤이 펼쳐졌고 치마저고리를 입은 한인회 임원들과 교포들이 함께 행진했다.

윤학덕 태권도 관장은 한미 태권도 훈련생 시범을 보이기도 했는데 그후 해마다 시애틀 시페어 명물로 해마다 이어지고 있다. 또 12월 아리랑의

김병직(왼쪽) 미주 한인총연 총회장과 함께

최병근 20대 미주 한인 총연합회장 부부와 곽종세 부회장(오른쪽) 취임식

밤을 성황리에 개최
했다

특히 10월 추석잔
치로 시애틀과 타코
마는 물론 멀리 올
림피아까지 워싱턴
주 여러 노인회 700
여명을 버스를 동원
해 한자리에 모시게
한 후 푸짐한 음식
과 유흥으로 즐거운
추석잔치를 성대하
게 해드렸다.

서울 교대 부국과
시애틀 한인회 부설 한글학교가 자매결연을 맺어 교환 학생 프로그램을
실시하기도 했다.

1990년 서울 교육대학 부속 초등학교와 미주 한인회 중 첫 자매결연을
하게 된 것은 1987년 한국 문교부 주관 해외동포 한글학교 교사 연수회
참가 통보를 받고 시애틀 한인회 부설 한글학교 교장 및 이사장 추천으로
참가했다.

수료 후 문교부에 공립 시애틀 워싱턴주 한인학교와 국립 서울 교육대
학 부속 초등학교와 자매결연을 부탁하여 승낙을 받았다.

당시 대학생이나 교수들도 미국을 방문하기 어려울 때 초등학교 학생과
선생님들의 미국 방문은 획기적인 발상이라고 학교 당국은 연락이 왔으나
정작 시애틀 한인회에서는 예산 문제와 숙식문제 때문에 어려움을 호소했
다. 그러나 내가 한인회장이 된 1990년 여름 방학 때 2-3개월 단기 비자
를 받고 2주일 동안 시애틀 학부모 중 자매학교 학생들과 자매결연을 맺어

시애틀 한인회 부속 한글학교와 자매결연을 맺은 서울 교대 부국 학생들이 올림피아 한국전 참전비를 방문했다. 뒷줄 왼쪽이 곽종세

다음해에 한국으로 갈 학생들과 교환 프로그램에 참여할 가정을 확인했더니 너무 많아서 30명으로 제한하고 백경숙 교장 선생에게 모든 프로그램 준비와 학부모들의 협조 부탁을 드렸다.

양교 교장간의 협의로 첫해를 시애틀에서 하고 다음해는 서울 교대 부국으로 가며 10년을 계속하였다. 그동안 시애틀 부속 한인회 한국학교에서 시애틀 벨뷰 통합학교로 통합된 후에도 10년동안 계속되는 것을 지켜보며 보람을 느끼고 있다.

시애틀 한인회와 함께 역대 한인회장들 모임인 '시애틀 한친회'를 통해 한인사회를 위해 봉사했고 전미주 한인회 총연에서도 2년 임기의 부회장을 한번 그리고 서북미 한인 연합회에서도 부회장으로 봉사해 시애틀뿐만 아니라 전 미주 한인들의 권익 옹호를 위해 일하기도 했다.

시애틀 한인사회가 70년대만 해도 인구가 적어 한인회도 부족한 점이 있었지만 이제 인구면이나 질적으로도 크게 성장한 것을 볼 때 시애틀 한인회와 역대 한인회장들이 초창기부터 지금까지 한인사회 발전을 위한 중요한 역할을 했다고 믿는다. 그래서 한인회장으로 봉사했다는 것에 큰 보람과 자부심을 가지고 있다.

또 한인사회에 여러 단체들이 있지만 한인회가 중심이 되어야 한다고 믿고 있다. 내가 한인회 편집부장 시절인 74년 12월 아리랑의 밤 행사가 두 곳에서 열리는 분열이 있었다. 아리랑의 밤 행사는 매년 한인회가 주최해 UW 학생회관에서 열렸는데 똑같은 날 다른 단체가 올림픽 호텔에서 연예인 밴드를 동원해 아리랑의 밤 행사를 열었다.

이들은 원래 미국 광고 업체인 옐로우 페이지에 한인들 광고를 게재하는 사업을 하고 있었으나 한인회에서 발간하는 한인회보에 한인들의 광고가 게재되자 불만을 가지고 따로 행사를 한 것이었다.

이같은 분열이 일자 이를 수습하기 위해 당시 시애틀 총영사관이 없던 시절이어서 김동조 전 주미 대사와 샌프란시스코 윤찬 총영사가 시애틀에 왔다. 그리고 양측 대표들이 공항 귀빈실에서 만나 대화를 했다. 한인회에서는 구범회 회장과 편집부장인 내가 참석해 한인사회 행사는 한인회가

시애틀 한친회. 앞줄 오른쪽 곽종세

한인회 수석 부회장 당시 이문수 시애틀 총영사와 함께 올림피아 항만청 방문.

주관해야 하고 어떤 이권 없이 한인들을 위해 봉사해야 한다고 주장했다.

그후 그쪽에서는 내가 한국에 있었을 때 반정부 운동으로 중앙정보부에서 조사 받았고 특히 한인회보 칼럼에 내가 쓴 "미친 자식 호로 자식" 글을 문제 삼아 이민국에 찔러 추방시키겠다고 위협했다.

사실 그 칼럼에서 나는 미국에는 미친 자식 (극단적인 친미 성향으로 한국을 비난하는 사람)과 호로 자식 (친소련 성향으로 북한을 찬양하는 사람) 이 있는데 우리들은 한국인이라는 정체성을 가지고 한국을 무조건 비난하거나 친북이 되서는 안 되며 조국인 한국과 우리가 살고 있는 미국을 위해 함께 노력해야 한다고 지적했었다.

물론 이 사건 후 추방되지도 않았고 문제들이 잘 해결되었으며 지금까지도 한인회가 중심이 되고 있어 감사하다.

시애틀 역대 회장단 명단은 다음과 같다.

1대 1968 이창희, 2대 1969 이선복, 3대 1970 전계상, 4대 1971 이현기, 5대 1972 이현기, 6대 1973 한만섭, 7대 1974 구범희, 8대 1975 신호범, 9

대 1976 김성길, 10대 1977 김형진, 11대 1978 김형진, 12대 1979 조성욱, 13대 1980 정철식, 14대 1981 강동언, 15대 1982 엄명보, 16대 1983 신호범, 17대 984 오계희, 18대 1985 오준걸, 19대 1986 박태호, 20대 1987 윤광남, 21대 1988 최주찬, 22대 1989 한원섭, 23대1990 장동식, 24대 1990 곽종세, 25대 1991 한상국, 26대 1992 이광술, 27대 1993 윤상인, 28대 1994 김석민, 29대 1995 강희열, 30대 1996 민학균, 31대 1997 장수강, 32대 1998 김재영, 33대 1999 강석동, 34대 2000 유철웅, 35대 2001 이영조, 36대 2002 김준배, 37대 2003 홍승주, 38대 2004-5 서영민, 39대 2006-7 김기현, 40대 2008-9 이광술, 41대 2010-2011 이광술, 42대 2012-2013 서용환, 43대 2014-2015 홍윤선, 44대 2016-2017 홍윤선, 45대 2018-2019 조기승, 46대 2020-2021 이수잔, 47대 2022- 유영숙 (영 Brown)

2022년 시애틀 한인회 47대 회장,이사장 취임식. 왼쪽부터 곽종세 전 한인회장, 이수잔 이사장, 유영숙 회장, 박태호 전 한인 회장

PART 24

워싱턴주 체육회장 봉사

워싱턴주 체육회는 1982년 발족되었다. 초대 회장은 윤학덕 태권도 관장이었고 창립 멤버들은 윤학덕, 곽종세, 신호범, 황동규, 이현진, 조요한, 박건홍 등 이었다.

1989년 제 5회 미주 체전 출전 체육단체장 모임에서 곽종세 회장이 체육회기를 흔들고 있다.

처음에는 활동이 별로 없었으나 1987년 윤학덕 회장 당시 샌프란시스코에서 열린 제 4회 미주 한인 체육대회에 첫 참가했다. 출전 종목은 축구, 배구, 농구, 테니스, 탁구, 태권도, 육상 등이었다.

나는 당시 체육회 부회장이었지만 한국에서부터 테니스를 즐겨했기 때문에 테니스 협회장도 맡고 있었고 이덕남, 김현중 이사장이 참여했다. 첫 출전한 대회에서 워싱턴주는 축구가 우승하고 테니스가 준우승 하는 등 좋은 실적을 올렸다.

특히 내가 체육회장이었던 1989년에는 라스베가스에서 개최됐던 제 5회 미주체전에 워싱턴주는 어느 해보다 많은 144명의 선수단을 13개 종목에 출전시켰다.

이 대회에서 워싱턴주는 가장 인기 종목인 축구에서 우승을 하는 등 금

워싱턴주가 준우승 했다고 탑으로 보도된 중앙일보

메달 18개, 은메달 8개, 동메달 8개를 획득해 전 미주에서 워싱턴주 팀이 종합성적으로 준우승을 차지하는 아주 좋은 성적을 올렸다. 이같은 준우승 성적은 30년이 넘은 지금까지도 깨지지 못하고 있다.

그러나 당시 조직위원회는 폐막식 직전 1위 LA, 2등 샌프란시스코, 3등 오렌지 카운티, 그리고 4등을 워싱턴주가 차지한 것으로 발표했다.

나는 이같은 성적은 부정이라고 확신하고 미주 체육회 LA 김용길 사무총장, 황동규 워싱턴주 단장과 함께 기자 회견을 통해 이 같은 성적을 믿을 수 없다며 공개 개표를 한 결과 단독 준우승을 인정받았다.

이처럼 강력한 요구를 할 수 있었던 것은 내가 워싱턴주 체육회장 뿐만 아니라 전 미주 체육회 부회장이었기 때문에 가능했다.

또 샌프란시스코가 준우승으로 조작한 사실을 발견했고 이를 정정할 것을 요청했다. 그러나 조직위는 마지못해 워싱턴주와 샌프란시스코가 공동 준우승을 한 것으로 결론을 내렸다.

그러나 샌프란시스코는 이

곽종세 체육회장 인터뷰 기사

미 언론에 단독 준우승을 차지한 것처럼 발표한 뒤 준 우승컵을 들고 가버렸기 때문에 워싱턴주는 빈손으로 돌아와야 했다.

날치기 당했던 미주 체전 준 우승컵 때문에 항상 워싱턴주 한인과 스포츠인들에게 30여 년간 빚을 졌다는 생각을 갖고 있었다.

그래서 시애틀에서 첫 미주 체전이 열렸던 해에 나는 당시 박노진 체육회장에게 이 준우승 컵을 찾아줄 것을 요구하고 행사를 후원하기 위해 대회에 참가한 선수단, 임원들에게 식사대접을 해주기도 했다.

또 우리는 워싱턴주 체육회 사무실까지 마련하고 88서울 올림픽 포스터까지 액자로 만들어 보존하기도 했다. 한인회 부설 한국학교 학부모들은 선수단을 위해 불고기를 굽는 등 자원봉사도 하여 시애틀 한인들의 아름다운 마음을 보여주려 애썼다.

그러나 당시 시애틀 체전은 개막식과 행사는 잘 되었지만 행사 후 현장에 가보니 학교 운동장에는 각종 쓰레기들이 그대로 버려져 있어 나는 마침 차에 있던 호텔에서 쓰던 여러 쓰레기 봉지로 밤 어두워질 때까지 뒤처리를 해야 했다.

특히 선수들이 묵었던 대학 기숙사에서는 파괴 행위까지 있는 등 불미스럽게 끝나고 말아 정말 미주류사회에 부끄러움을 주었다. 내가 원했던 준 우승컵도 전혀 돌려받지 못했다.

이런 마음 아픈 경험이 있어 나는 지난 2019년 시애틀에서 열린 20회 미주체전을 준비하는 과정에서 이규성 재미대한체육회장에게 준우승 컵을 돌려줄 것을 또 요청했다.

이로 인해 이규성 재미대한체육회장은 6월21일 열린 제20회 '시애틀 미주체전'

30년만에 받은 '제5회 미주 한인 체육 대회 준 우승컵'

아내와 함께 본국 대통령상을 받고 기뻐하고 있다. 송춘무 부부가 함께 축하하고 있다.

개막식에서 나에게 때늦은 '준 우승컵'을 전달했다.

이 회장도 부정 채점 소동이 벌어졌던 89년 당시 현장에 있어 이 같은 사실을 너무 잘 알고 있었기 때문이었다.

재미대한체육회는 시애틀에서 미주체전이 열린 만큼 진실을 밝히고 사과를 하는 차원에서 '제5회 대회 준 우승컵'을 다시 제작해 나에게 미안한 마음과 함께 전달했다. 준 우승컵을 받고 나는 "스포츠맨십은 페어플레이를 통한 선의의 경쟁인데 30년 전 '날치기' 당한 단독 준 우승컵을 다시 찾게 돼 기쁘다"고 말했다.

사실 그 준 우승컵은 워싱턴주 한인 체육사에서는 역사적인 것이었기 때문에 내 사비를 들여 재미 대한 체육회에 제작해 줄 것을 요청한 것이었다. 이 준 우승컵은 아직 우리 집에 보관되어 있지만 언젠가는 한인 이민사 박물관 등에 영원히 보존되기를 바란다.

체육회장 임기는 2년이어서 90년에도 회장으로서 워싱턴주 스포츠뿐만 아니라 마침 시애틀에서 열린 '시애틀 월드컵' 대회에 참가한 한국 대표 팀을 돕기도 했다.

나는 워싱턴주 체육회뿐만 아니라 전 미주 대한 체육회 부회장을 3번 역임하면서 미주 한인들의 건강한 몸과 정신 육성을 위해 나름대로 노력했다고 본다. 이러한 공적이 인정되어 98년에 본국 대통령상을 받기도 했다.

PART 25

한인 정치력 신장 후원

워싱턴주 한인 정치력 신장은 한인 2세인 마사 최 전 시애틀 시의원으로 부터 시작되었다.

그녀는 1991년 11월 시애틀 시의원으로 당선되어 미주 한인 이민사상 최초로 대도시 시의원이 되는 역사적인 금자탑을 쌓았다.

최계순씨와 정영자 부부의 1남1녀 중 막내로 뉴욕에서 태어난 2세로 워싱턴대학(UW)에서 인종학과 언어학을 전공했고 시애틀대학에서 MBA과정을 수료했다. 오리건주 고교에서 교편을 잡은 뒤 캘리포니아 은행에서 11년간 근무하면서 부행장으로 승진했다.

그녀는 시애틀 아시안 사회와 미주류사회에서 능력을 인정받아 첫 출마해 당선 되었다. 이어 게리 락 주지사 시절 주 무역경제개발부 장관, '빌 앤 멜린다 게이츠재단' 최고행정정책임자(CAO)를 역임해 워싱턴주 한인사회의 정치력 신장의 개척자이고 뿌리가 되었다.

그녀의 영향으로 서북미 한인사회에서는 신호범 워싱턴주 상원(상,하원 5선), 임용근 오리건주 상원(상,하원 5선), 박영민 페더럴웨이 시의원(시장 2선), 이승영 쇼어라인 시의원, 장태수 쇼어라인 시의원, 신디류 워싱턴주 하원의원(쇼어라인 시의원, 시장), 피터 권(권승현) 시택 시의원이 당선되었고 2022년 2월에는 한인 2세 제이슨 문이 머킬티오 한인 시의원으로 임명되었다.

시의원, 주의원 뿐만 아니라 시애틀항만청 커미셔너 제2포지션에 출마한 한인 2세 샘 조(조세현·29)가 2019년 당선되기도 했다.

특히 2020년에는 한인 이민사상 처음으로 워싱턴주 한인계 여성 메릴린 스트릭랜드(Marilyn Strickland)가 미 연방하원에 당선되어 큰 긍지와 기쁨을 주었다.

한국인 어머니 김인민씨와 미국인 흑인 아버지 윌리씨 무남독녀이며 워싱턴주 3대 도시인 타코마 시장을 역임했던 그녀는 서울에서 태어났으며 3살 때인 1967년 미군이 었던 아버지가 타코마 인근 포트루이스로 전보되면서 타코마에 정착했다.

그녀는 워싱턴 대학교 (UW)를 졸업하고 클락-아트란타 유니버시티에서 MBA를 마치고 타코마 공립도서관, 미국 암협회, 스타벅스 등에서 근무하다 2007년 타코마 시의회에 첫 출마 당선되었다. 2009년에는 타코마 시장에도 당선되었다.

이 같은 한인 정치력 신장은 마사 최로부터 시작되었지만 그녀가 2세인 반면 순수한 1세로서 미주류사회에 정치력을 신장한 두 기둥은 워싱턴주 신호범의원과 오리건주 임용근의원이다.

1935년 동갑내기 인 둘은 모두 주상원과 하원을 합해 5선이나 한 위대한 기록을 가지고 있는데 특히 어릴 적 불우한 가정에서 태어났고 미군 부대에서 하우스 보이까지 하였으나 미국에서 역경을 극복하고 훌륭한 정치인이 된 것도 똑같다.

신호범 의원의 경우 앞에서 이야기한 것처럼 1935년 경기도 파주의 가난한 집에서 태어났다. 어머니 별세 후 6살에 가출, 거리소년과 미군 부대 하우스보이로 떠돌았으나 1954년 치과의사인 레이 폴(Ray Paull) 미군 장교에게 입양되어 유타주 솔트레이크시티로 입양되었다. 그의 영어 이름 Paull은 입양 아버지 성을 딴 것이다.

임용근 의원의 경우 1935년 경기도 여주 시골에서 태어났으며 일찍 부친 별세 후 둘째 아들로서 어려운 가정을 이끌며 공부해야 하는 어려움을 겪었다. 17살부터 폐결핵에 걸려 7년여 간의 투병생활로 제때 공부도 하지 못했고 가정이 어려워 고교시절에 미군 부대 하우스 보이로 미군들의 구두를 닦는 등 온갖 고생을 하기도 해 여주 농업고교를 1년 늦게 졸업했다.

이 같은 어려움보다 더 큰 아픔이 있었는데 아버지가 6.25때 공산당으로 몰려 남한 정부에 총살당했기 때문에 그의 가족은 빨갱이 가족이란 빨간딱지가 붙어 있었다.

이같은 낙인으로 한국에서는 일을 할 수 없다는 생각으로 1966년 6월 빈털터리 무일푼으로 미국에 와서 초기에는 청소, 정원일, 페인팅 등 온갖 궂은일을 다한 끝에 부인 임영희(그레이스 임) 씨와 함께 부동산과 건강식품 등의 사업으로 비즈니스에도 성공했다.

1986년 오리건주 한인회장을 비롯하여 미주한인회총연합회 총회장, 미주한인상공인총협회 총회장을 거친 후 일약 1990년 오리건 주지사 선거에 출마했으나 실패했다.

그러나 1992년에는 주상원에 당선되는 돌풍을 일으켰다. 그리고 오리건주 한인 최초로 상원 3선,하원 2선이라는 쾌거를 이룩했다.

1998년에는 미 한인최초로 연방 상원에 도전, 공화당 후보로 지명되는 신기원을 이룩했으나 아쉽게 본선에서 패배했고 2010년 오리건 주지사에 2번째 도전했으나 성공치 못하고 정계를 떠났다.

이제 신호범 의원이 고인이 되고 임용근 의원 및 다른 의원들도 정계를 떠나 신디류 워싱턴주 하원, 피터 권 시택 시의원, 제이슨 문 머킬티오 시의원 그리고 샘 조 시애틀항만청 커미셔너가

게리락 주지사 후원회에서 게리 락으로부터 감사를 받고 있다.

현재 활동하고 있다.

50여 년 이민생활 동안 많은 한인 정치 지망생들이 있었다. 이중에는 실패한 한인들도 있어 아쉬웠지만 나는 처음 마사 최부터 오리건주 임용근 의원 그리고 메릴린 스트릭랜드 연방의원까지 선거에 나선 이들을 적극 후원했다. 또 아시안계 게리락 주지사 선거까지도 적극 후원해 감사장을 매번 받기도 했다.

워싱턴주 하원 6선에 성공한 신디류 의원은 내가 살던 쇼어라인 시의원이어서 지역 후원회장을 맡기도 했다.

그녀는 지난 2003년 처음으로 쇼어라인 시의원에 출마해 낙선되었으나 2005년 재출마해 당선되었다. 그러나 2009년 선거에서는 패배했다. 실망하지 않고 2010년에는 워싱턴주 하원에 출마해 당선되었으며 이번 6선까지 연속 당선되었다.

그녀는 12세인 69년에 미국에 온 1.5세이며 워싱턴대학(UW)에서 미생물 학사, MBA를 취득했다.

나는 앞으로도 더 많은 한인들이 정계에 진출해 한인들의 목소리를 대변하고 권익옹호에 앞장서며 미 주류사회에서 우뚝 서길 바라고 있다.

비록 정계 진출에 실패한 한인들도 있지만 신호범 전 상원의원이나 신디류의원도 여러번 실패한 적이 있는 것처럼 우리 한인사회는 좌절하지 않고 계속해 유능한 2세와 3세들을 정계에 진출시켜야 한다고 믿는다.

최근 20대인 샘 조 시애틀항만청 커미셔너가 전국에서 13번째로 인구가 많은 킹 카운티에서 승리한 것은 큰 의미가 있었다.

그는 시애틀지역에서 태어난 2세인데도 시애틀·벨뷰통합한국학교에 다니면서 한국어를 배워 한국어가 완벽해 그동안 한국학교 육성을 위해 노력한 나에게는 큰 기쁨이고 보람이 되었다.

그는 한미연합회 워싱턴주 지부(KAC-WA) 부회장을 맡아 차세대 한인사회에서는 이름이 널리 알려져 있었기 때문에 앞으로도 유능한 한인 2세들이 많이 정계에 진출 할 것으로 믿고 있다.

그는 워싱턴DC 아메리칸 대학에서 국제관계학을 전공한 후 영국 런던정경대에서 정치 경제학 석사과정을 마쳤다. 대학 졸업 후 연방 국무부에서 분석가로, 석사과정을 마친 뒤에는 민주당의 애미 베라 연방 하원의

놈라이스 시애틀 시장과 함께. 오른쪽은 오계희 박사

원 보좌관을 거쳐 버락 오바마 대통령 당시 백악관 행정부 차관 특별보좌관을 맡았다.

시애틀로 돌아와 한국등 아시아와 무역을 하는 '세븐 시스 엑스포트'(Seven Seas Export)란 무역회사를 설립해 운영하고 있다.

29살 나이에 선출직에서 당선되는 것은 결코 쉽지 않은 것이다. 미 주류사회에서 먼저 그를 인정한 것처럼 이런 유망한 싹을 키워주는 한인 커뮤니티가 되어야 한다고 강조한다.

나는 선출직 선거에 출마하는 한인들을 적극 후원했을 뿐만 아니라 미주류사회에서 한인들의 목소리를 높이기 위해 워싱턴주 최초 아시안계 주지사인 중국계 게리락 주지사를 비롯해 그레그 니

그레그 니클스 시애틀 시장과 함께

클스, 놈 라이스 시애틀 시장 등 주류인사들도 적극 지원했으며 현재의 제이 인슬리 주지사까지 지금도 계속 하고있다.

PART 26

한인생활상담소 이사장 봉사

1983년에 설립된 한인생활상담소(KCSC)는 한국 최초의 여성변호사인 이태영 박사의 제안으로 설립되었다.

초기에는 여성 5명이 모여 남편으로부터 매 맞는 한인 여성들을 돕자는 취지로 여성들이 주축이 되어 문을 연 상담소는 박귀희 박사가 초대 소장을 맡아 이민생활에서 언어장벽, 문화장벽으로 어려움을 겪고 있는 여성

김주미(왼쪽 4번째) 생활상담소장과 임원진들. 왼쪽부터 곽종세 전 이사장, 윤부원 전 이사장, 곽정용 이사, 김주미 소장, 김길수 이사장,   이수잔 이사, 박경식 부총영사, 김준배 이사

들을 도와주기 위하여 시작되었다.

그 후 각종 소시얼 서비스를 제공하는 기관으로 성장하였으며 점차적으로 약물중독에 대한 교육, 가정폭력에 대한 상

킹 카운티 수피리어 판사로 임명돼 정상기(앞줄 중앙) 생활상담소 이사장이 떠나자 내가 이사장이 되었다. 앞줄 곽종세 이사장, 정상기 판사, 윤부원 전 이사장, 뒷줄 심사라 이사, 이수잔 이사, 이승영 이사

담, 부모교육, 저소득층에 대한 무료법률상담, 의료관련 지원프로그램, 재활프로그램 및 청소년 리더십 프로그램을 진행하고 있다.

이제 창립 40여 주년이 될 정도로 시애틀 한인사회에서 중요한 역할을 해온 생활상담소는 그동안 여러 어려움도 있었으나 재정적으로 아낌없이 후원해 준 이사진을 비롯해 많은 자원봉사자들, 그리고 이 지역 교계까지 적극적으로 도와준 많은 분들 덕분에 성장할 수 있었다.

나도 생활상담소에 지금까지 이사로 참여해 조금이나마 돕고 있는데 우리 두 딸들도 대학 시절부터 생활상담소에 자원봉사로 참여했다.

특히 2014년에는 한인생활상담소 이사장으로 선출되는 중책을 맡았다. 이사회는 킹 카운티 수피리어 판사로 임명돼 이사장직에서 떠나게 된 정상기 이사장의 후임으로 나를 선출했다.

이사장 취임 인사에서 나는 "미국 경기가 힘들어진데다 오바마 케어 등 미국의 건강보험개혁 등으로 생활상담소의 도움이 필요한 한인들이 더욱 늘어나고 있는 시점에서 이사장을 맡아 어깨가 무겁다"고 말했다. 또 "다른 이사들과 힘을 합쳐 상담소가 잘 운영될 수 있도록 뒤에서 최선을 다해

돕겠다"고 말했다.

내가 이사장이고 윤부원씨가 소장이었던 2015년에는 상담소가 처음으로 킹카운티에서 그랜트 5,000불을 받았다. 상담소 윤승자 전 소장의 사위인 로드 뎀바우스 킹 카운티 의원의 노력 덕분이었다.

킹카운티 로드 뎁보스키 의원은 에드몬즈에 있는 한인생활 상담소 사무실을 직접 방문하고 성금을 전달했다.

윤부원 소장은 "생활상담소가 실시하는 청소년 리더십 컨퍼런스에 참가하는 재정이 어려운 학생들을 위해 킹카운티에 그랜트를 신청했는데 이번에 받게 되었다"며 이 그랜트로 매년 여름철에 실시하는 한인고교생들의 리더십을 키울 수 있는 프로그램이 더욱 활발하게 발전될 것이라고 기뻐했다.

나는 "그랜트 따기가 매우 힘든 상황인데 킹카운티가 그랜트를 준 것은 한인 부인을 둔 로드 뎁보스키 의원이 친한파이기 때문"이라며 "한인생활 상담소는 청소년들에게 희망을 주기위해 13년 동안 청소년 리더십 컨퍼런스를 실시하고 있다"고 말했다.

참가 대상이 9학년부터 12학년까지인 청소년 리더십 컨퍼런스는 훌륭한

차세대 리더십 컨퍼런스. 가운데 곽종세 이사장

강사들이 와서 청소년들에게 미래에 대한 꿈과 비전의식을 심어주고 역경을 이겨낼 수 있도록 도와주며 한인사회와 미국사회에 리더십을 발휘하여 세계를 이끌어가는 지도자를 육성하는데 목적이 있다.

성금을 전달한 로드 뎁보스키 의원은 "킹카운티는 한인생활상담소의 중요성을 잘 알고 있다"며 이번 그랜트를 청소년 리더십 컨퍼런스에 잘 사용하길 바란다고 말했다.

'2016 청소년 리더십 컨퍼런스/청소년 통일 강연회'의 경우 레이크 스티븐슨에 있는 시다 스프링스 캠프에서 3박4일간 열렸다.

주제는 "꿈, 도전, 봉사"로 한인 중고생 22명이 참가했다. 한인으로서의 정체성과 폭넓은 네트워크를 구축해 더불어 함께 하는 가치를 배우며, 사회의 리더가 되고 주인공이 되는 방법을 익혔다.

컨퍼런스에는 정상기 판사, 이승영 전 쇼어라인 시의원, 김덕호 교수, 윤부원 평통 시애틀 협의회 수석 부회장, 오시은 전 F.W. 통합한국학교 교장이 강사로 출연해, 이민자로서의 역경을 딛고 주류사회에서 존경받는 참된 지도자가 될 수 있는 노하우를 학생들에게 전했다.

상담소가 이처럼 성장할 수 있었던 것은 자원봉사자들의 헌신은 물론이고 상담소 소장과 이사장을 지내며 산증인 역할을 하고 있는 윤부원 이사의 남다른 헌신이 있었기에 가능했다

윤부원 이사는 상담소 운영을 위해 자원봉사뿐만 아니라 이사진 확보는 물론 한인 교회 등을 일일이 찾아다니며 후원금 모금에 큰 역할을 해왔다.

2015 년 후원의 밤 행사에서 윤 이사는 남편 론 브라운 변호사와 함께 '청소년 리더십 캠프' 기금으로 1만 달러를 기부하기도 했다.

그녀는 생활상담소 뿐만 아니라 한국학교 육성 공로로 2014년 대한민국 국민훈장 석류장을 받았다.

그녀가 훈장을 받게 된 것은 시애틀지역 대표적인 교육자이자 가난하고 힘든 동포들을 돕는 여성 지도자라는 것이 인정되었기 때문이다.

수원여고를 졸업하고 미국으로 이민을 온 뒤 미국 대학과 대학원에서 교육학을 전공했으며 28년 동안 미국 주류 초중고등학교에서 교사로 일을 했다.

1977년 시애틀한인회 교육부장을 맡은 것을 시작으로 1997년 벨뷰통합 한국학교 초대 교장을 역임하고 2000년에는 시애틀 통합한국학교가 어려운 상황에 이르자 양 캠퍼스 교장을 동시에 맡기도 했다. 이후 장학사를 거쳐 양 캠퍼스를 운영하는 한미교육문화재단 이사장을 지냈고 현재에도 이사로 봉사하고 있다.

가난하고 힘든 한인들의 대변인과 길잡이 역할도 해왔다. 40년간 한인 생활상담소 소장과 부소장, 이사장, 부이사장, 통역관 등을 지냈으며 현재도 이사로 봉사하고 있다.

2018년에는 한인생활상담소 김주미 소장과 나 그리고 전 머킬티오 시의원 후보였던 제임스 유, 스노호미시 민주당 다문화 아웃리치 대표인 조엘 웨어, 김원준 교수와 함께 지역사회 안전과 소통을 위해 머킬티오 경찰서를 방문했다.

우리들은 한인 1.5 세인 강 철 머킬티오 경찰 국장(Cheol Kang)을 만나 머킬티오 지역사회의 안전과 청소년 범죄 예방에 대해 심층 있는 대화를 나누었다.

현재 생활상담소는 김주미 소장의 노력으로 2021년에 100만 불 등 그녀의 취임 기간에 총 200만 불 그랜트를 받고 푸드 뱅크를 운영할 정도로 미 주류사회에서 크게 인정을 받고 있다.

PART 27

시애틀 벨뷰 통합 한국학교 초대 이사

신호범 박사와 함께 한국학교 관계자 모임. 아내도 함께 했다.

시애틀 벨뷰 통합 한국학교는 1982년 신호범 전 한인회장 당시 한인회 부설 한글학교로 설립되었다. 교장은 오계희 그리고 이사장은 이동립 박사였으며 창립 이사로는 나를 비롯해 신호범, 이익환씨였다.

한국학교는 그동안 분열도 겪었으나 이름 그대로 다시 통합하였고 특히 1996년에는 시애틀 벨뷰 통합 한국학교가 되었다. 당시에 14년이나 운영하던 한인회 부설 한글학교가 있었으나 형제 교회, 시애틀 연합장로교회 등 여러 교회에서도 한글학교를 자체 운영하고 있었다. 이로 인해 서로 경쟁이 되고 비효율적이라는 여론이 일자 훌륭한 교사를 통해 체계적이고 더 훌륭한 한국 학교로 통합해야 한다고 결론이 나왔다.

이에 따라 시애틀 한인회도 통합한국학교 설립 종자돈으로 1만6,000불을 내고 통합하였으며 여러 교회들도 자체 학교를 없애고 통합학교에 운영비를 내고 통합했다.

이후부터 통합 한국 학교는 비약적으로 발전해 현재는 시애틀과 벨뷰에 캠퍼스를 가지고 있고 학생 수도 1,000여명일 정도로 성장했다.

시애틀 벨뷰 통합한국학교는 한인 후세들에게 한국의 언어, 문화, 역사를 배울 기회를 제공함으로써 한인으로서의 올바른 정체성을 갖추도록 교육하여 국제화 시대를 선도할 창조적인 지도자를 양성하는 데 목적을 두고 있다.

한국어를 배우고 싶어 하는 외국인들까지 모든 사람들에게 체계적인 교육 프로그램과 기회를 제공하고 있다.

시애틀 벨뷰 통합한국학교는 매년 발전 기금 모금 행사를 통해 학교 운영비를 조달하고 있다. 특히 학교 재정을 후원하는 한미교육문화재단이 책임을 지고 있다. 나는 이 재단 이사로서 2013년에는 곽종세, 곽인숙 부부 이름으로 2만 달러의 후원금을 기부하기도 했다.

당시 어린이 날인 5월5일 린우드 앰버시 수트 호텔에서 열린 통합한국학교 발전을 위한 제 14회 기금 모금의 밤에는 250여명의 학부모와 단체장, 후원 인사들이 참석해 총 10만3,000불의 성금을 모아 한국학교에 전달했다.

윤부원 한미 교육문화 재단 이사장은 환영사를 통해 "한국학교에 대한 한인사회의 지속적인 사랑과 후원에 감사하다"며 "17년 전 1996년에 설립된 후 현재 600 명의 학생들이 공부할 정도로 학교는 계속 성장하고 있다"고 감사했다.

또 "한국학교는 자녀들에게 한국말뿐만 아니라 한국 문화, 역사 교육을 통해 한국의 얼과 정체성을 심어주고 있으며 국제화 시대를 맞아 꿈나무를 위한 인재 양성에 사명감을 가지고 우수한 교사진이 최선을 다하고 있다"고 말했다.

송영완 시애틀 총영사는 "본국정부는 교포들의 교육에 심혈을 기울이고 있다"며 한국학교 발전에 수고한 교사진에 감사했다.

신호범 워싱턴주 상원의원은 한국말을 잘하지 못해 구혼이 거절당한 일도 있었다며 "한국말과 한국 문화를 배울 때 세계를 볼 수 있는 눈이 생기고 자신감이 생긴다"고 강조했다.

이 자리에서는 학생들의 한국말 하기 콘테스트, 어린이 합창단의 합창이 있었으며 한국 무용과 사물놀이, 음악 등 다채로운 프로그램으로 즐겁게 진행되었다.

모금에서 당초 목표액 10만 불을 초과한 것에 대해 윤부원 이사장은 "특히 곽종세 전 시애틀 한인회장 부부가 2만 불 그리고 곽정용 권사가 1만 불을 기탁하였다"며 "곽종세씨는 후손들의 배움의 터가 되는 한국학교 자체 건물 마련에 종자돈이 되길 바랐고, 혼자 사시는 곽정용 권사는 돈은 잘 써야 한다며 후손들을 위한 교육에 아름다운 성금을 주셨다"며 감사했다.

PART 28

사회 봉사상 수상

이 같은 사회봉사로 나는 2018년 시애틀 중앙일보와 2011년 중국 신문 '노스웨스트 아시안 위클리'에서 사회봉사상을 수상하는 영예를 안았다.

중앙일보 시애틀지사는 5월 18일 노스시애틀 홀리데이인 익스프레스 호텔에서 제25회 사회봉사·장한어버이상 시상식을 개최했다.

이 자리에는 사회봉사상을 받는 나와 함께 장한어버이상 수상자 김귀심 씨에게 각각 상패와 무려 8개의 금일봉과 선물이 전달됐다. 많은 꽃다발 세례가 이어졌고 100명이 참가해 축하해줘 감사했다.

사회를 본 이승영 변호사는 "중앙일보는 지난 25년 동안 한인사회 발전에 공헌하신 모범적인 분과 자녀들을 훌륭하게 키워낸 훌륭하신 어버이를 선정해 매년 5월에 시상하고 있다"고 설명했다.

또 "곽종세씨는 1940년 함경남도 함흥에서 태어나 중앙대학교 사범대학과 고려대학교 교육대학원을 졸업한 후 군경신보사 기자와 우석대학교, 고려대학교 강사를 거쳐 1973년 도미, 워싱턴주 교육공무원과 사업체를 운영하면서도 재미 워싱턴주 대한체육회장과 미주 대한체육회 부회장, 시애틀-워싱턴주 한인회장, 시애틀-벨뷰 통합한국학교 초대이사, 시애틀과 벨뷰통합한국학교를 운영하는 한미교육문화재단 이사를 하면서 한꺼번에 2만 달러를 기부하는 등 꿈나무들의 민족교육에 남다른 공헌을 했다. 또 미주 한인회 총연 서북미연합회 부회장, 미주 한인회 총연 부회장 등을 역임하며, 숱한 사회봉사를 통해 후배의 귀감이 된 점을 인정받아 25번째 사회봉사상 수상자로 선정되었다"고 소개했다.

중앙일보 사회봉사상 시상식 때. 역대 시애틀 한인회장들이 축하해주고 있다. 오른쪽 3번째가 곽종세

시상식이 진행되는 동안 나는 연신 눈물이 흘렀다. 지나간 수많은 세월들이 회상될 때마다 눈물이 나왔지만 특히 사회봉사 상을 받을 정도로 나를 도와준 사랑하는 아내가 병세가 심해 거동을 못하고 휠체어에 앉아 있었기 때문이었다.

아내는 단체 사진을 촬영할 때 간신히 내 옆 의자에 앉을 수 있었고 나의 수상을 기뻐하는 듯 웃는 모습이어서 감사했다.

나는 이날 수상 소감에서 "부족한 저에게 이 상을 주신 중앙일보 관계자와 축하해주신 신디 류 의원을 포함한 모든 분들께 감사드린다"며 "저보다 훌륭한 분이 많으신데 제가 이 상을 받은 것은 앞으로 한인사회를 위해 더 힘이 되 달라는 뜻으로 받아들이겠다"고 감사했다.

출장 중인 이형종 총영사를 대신해 박경식 부총영사는 " 중앙일보 사회봉사·장한어버이 시상식을 통해 지역사회를 위해 묵묵히 헌신 봉사하는 50명의 수상자가 나왔다는 게 매우 자랑스럽다"며 "더 사랑스럽고 자랑스러운 한인사회가 될 것이라 확신한다"고 말했다.

신디 류 워싱턴주 하원의원도 "오늘 수상하신 분들이야말로 한인사회의 유산이고 젊은이들에게 본이 되는 분들"이라고 말했다.

시애틀에는 당시 일간 신문으로 중앙일보와 한국일보가 있었다. 나는 초창기부터 두 신문을 구독하고 경쟁하고 있는 두 신문사를 위해서도 협조했다. 비록 중앙일보에서는 사회봉사상을 받았지만 한국일보에서도 10여년 이상 '비상대책 위원회' 이사로도 봉사하고 있다.

이것은 연말 불우이웃돕기를 할 때 신문사에 후원하는 것을 돕기도 하지만 후원금을 공정하게 필요한 사람들에게 나눌 수 있도록 심사하는 일이었다.

2011년에는 나와 이광술 시애틀 한인회장이 중국계 신문인 '노스웨스트 아시안 위클리 재단'이 제정한 '아시안 아메리칸 파이오니어' 상을 수상했다.

박경식 부총영사가 상패를 전달하고 축하해주고 있다.

10월 15일 시애틀 차이나 하버 식당에서 270명이 참석한 가운데 열린 시상식에는 한인 2명을 비롯 중국, 일본, 필리핀, 베트남계 13명의 수상자들이 가족과 친지, 각 커뮤니티 대표들의 축하를 받았다.

아순타 잉 '노스웨스트 아시안 위클리' 지 대표는 "이 상은 자신의 분야에서 선구자적 역할을 하고 차세대를 위해 길을 닦은 아시안계 미국인들을 발굴하는 것"이라

PUBLISHER'S BLOG
Even after a car accident, Sen. Shin serious about commitments

Photo by George Liu/NWAW

John Kwak (left) with Sen. Paull Shin

Last Saturday, after attending the White House dinner in Washington, D.C., to honor President of the Republic of South Korea Lee Myung-Bak, Sen. Paull Shin rushed back to Seattle to attend Northwest Asian Weekly's Pioneer Awards gala at the China Harbor Restaurant.

What the emcee didn't say and what the audience didn't know was that Shin was involved in a car accident before h arrived. He hit a concrete wall. Shin was fine, besides bein a little dizzy. The damage to his car is estimated at $10,00 I suspect that he was exhausted after a hectic trip.

교통사고를 당했는데도 신호범의원이 곽종세씨의 수상을 축하하러 왔다고 보도한 아시안 위클리 신문

고 축하했다.

1976년 이민 온 이광술 회장은 한인회장 3번을 비롯해 31년 동안 여러 단체에서 봉사했으며 1994년 아시아나 항공 시애틀 취항위원회장, 1991년 마사최 시애틀 시의원 선거 후원회장, 1992년 신호범 의원 후원회장등의 업적이 인정되었다.

나는 "그동안 적극 후원해 준 가족, 친구, 한인사회 등 후원해준 모든 분들에게 감사하고 수상의 기쁨을 함께 나누고 싶다"고 말했다.

이 자리에 참석한 박태호 미주 한인회 총연 서북미 연합회 이사장은 "여러 아시안들이 어려운 가운데도 숨은 봉사로 개척자 상을 수상한 것에 많은 감동을 받았다"며 "한인 2명이 포함된 것은 서북미 한인사회의 자랑이며 영광"이라고 평했다.

당시 신호범 워싱턴주 상원의원은 워싱턴 DC 백악관에서 열린 이명박 대통령 환영식에 참석하고 시애틀로 돌아오는 길에 교통사고를 당했다. 콘크리트 벽에 부딪쳐 차가 1만 불의 피해를 입었으나 다행히 무사했고 그런 가운데도 나의 시상식에 참가해 축하해 줘 고마웠다.

제4부

다시 가본 북한 땅

PART 29

45년 만에 다시 가본 북한

나는 태어나고 10살 때 떠났던 고향이 있는 북한을 미국에 살며 4번이나 다시 방문했다.

1995년 45 년 만에 처음 다시 가봤고 1998년과 2000년, 2007년에도 북한을 찾았다. 그러나 그동안 방북 이야기는 비밀일 정도로 밖에 알리지 않았다. 북한에 대해 나쁘게 말했다가는 북한에 남아 있는 가족들이 해를 입을 까 염려했기 때문이다.

그러나 꿈에 그리던 어머니도 두 번이나 만나 소원을 이루었고 마지막 방북한 지도 세월이 15여년이나 흘러 어머니도 돌아가셨기 때문에 이제는 이야기 할 때가 되었다고 본다.

1995년 뉴욕 주재 북한 대사관에서 샌프란시스코에 있는 한 여행사와 함께 미주 교포 대상 '평화를 위한 평양 국제 체육 및 문화 축전 북한 방문' 희망자들을 모집했다. 한국 정부가 반대해 나중에는 한국 정부가 참가자들을 선정했다. 우선 미주 총영사관이 있는 도시 중심으로 10명씩 모집했다.

시애틀 총영사관 관할에서는 시애틀 지역에서 이북 출신인 박남표 장군 부부, 우리 부부, 조요한 씨 등 9명 그리고 알라스카 한인 1명을 선정했다. 평양 출신인 아내는 다시 가기가 무섭다고 가질 않아 대신 다른 사람이 가게 되었다. 미주 전체로는 140–150명 정도였다.

초대 타코마 한인회장을 지냈던 박남표 장군은 1923년 러시아 블라디보스톡에서 태어났다. 중국 두만강 근처 회룡봉에서 자라나 일본에서 공부

평양 대성산성

를 한 뒤 육군사관학교를 박정희 전 대통령과 동기로 졸업하고 일선 사단
장으로 6.25 전쟁에 참가했다. 육군 논산훈련소장을 지냈으며 소장으로
예편한 뒤 1973년 미국으로 이민 왔다.

첫 북한 방문은 미국 시민권자 대상이었고 개인적인 가족 상봉은 없는
일종의 단체 관광 여행이었다.

나는 첫 번 방북 전에도 여러 번 북한에 가길 원했다. 그러나 떳떳하게
북한을 다녀오기 위해 영사관에 상의해 왔다. 88 서울 올림픽 전에도 가
려했으나 담당 영사는 90년 이후에 가야지 그 전에 가면 블랙리스트에 오
를 수 있다고 충고를 주었다.

사람과 차량이 거의 없는 평양거리

시애틀에서 항공기로 서울과
북경을 거쳐 평양으로 들어갔다.
4월23일 설레는 마음으로 시애틀
에서 출발했고 서울을 거쳐 25일
북경에 도착해 자금성, 천안문 등
북경 시내 관광을 했다. 당시 북
경 공항은 김포공항 보다 작았고
도로도 좁았다. 지금의 발전된 북경 공항이나 도심에 비하면 너무 다른 모
양이었다.

북경에서 평양으로 가는 고려항공 국제선 북한 여객기는 95년 당시 한
국의 최신식 여객기에 견주어 보면 국내선 고물 비행기일 정도로 뒤떨어져

있었다.

"해외 동포 여러분들의 조국 방문을 열렬히 환영합니다" 승무원 안내 방송과 함께 이륙한 고려항공기는 불과 1시간 20분 만에 26일 평양에 도착했다.

공항 건물은 크거나 화려하지 않았지만 전체적으로는 매우 넓은 평양 순안 공항에서 간단한 환영을 받고 버스를 타고 김일성 동상 참배를 했다. 동상 앞에 놓는 꽃다발은 시애틀 대표단이 하기로 되었는데 나와 박남표 씨는 하지 않으려 미뤄서 결국 K 씨가 했다.

첫날은 량강 호텔에서 먼저 방을 정하고 저녁을 먹었는데 여권을 모두 회수해 갔다. 식사 후에는 교예극장에서 서커스를 관람했다. 량강 호텔은 평양의 대동강과 보통강이 만나는 지점에 세워진 호텔이고 주로 외국 손님들에게 숙박을 제공하고 있었다.

27일과 28일은 본격적인 평양 시내 관광으로 만수대, 만경대, 주체사상탑, 개선문, 지하철 시승, 전승 기념관, 소년궁전을 돌아보았다

만수대에는 황금색의 김일성 동상이 있는 등 이곳들은 거의 모두가 김일성 주석을 찬양하는 기념비들이었다.

주체사상탑은 서울 남산 타워처럼 엘리베이터를 타고 올라갔다. 위에서 내려

화려한 평양 지하철

다보니 김일성 광장 등 평양시내가 파노라마처럼 다 보였다.

평양 지하철은 지하 대피소를 겸해서 만들어져 있기 때문에 깊이가 100~150m 정도로 아주 깊었다. 지하철 플랫폼도 매우 화려했으나 노선이 많아 복잡한 서울 지하철과는 비교가 되지 않을 정도로 + 모양 단선이고 각기 10개 역과 6개 역만 있을 정도로 짧았다.

모란봉, 대동강, 능라도, 을미대도 보고 점심으로 옥류관에서 쟁반에 담은 쟁반 냉면인 맛있는 평양냉면을 먹었다. 대동강 옥류교를 걸어서 건너는 시간도 가졌다.

판문점 군사정전위원회 회의실 남북 대표들이 마주 앉는 자리에서 조요한 씨와 함께 사진

옥류교는 길이 700m, 너비는 28.5m로 대동강 위에 세워진 6개 다리 중 하나이다. 이 다리 주변에 옥류관과 주체사상탑이 있다.

그런데 옥류교를 설명하는 안내원이 "이 다리는 리명세 선생이 건축 설계 공모전에서 당선되어 영웅 칭호를 받은 아름다운 다리"라고 자랑했다. 놀랍게도 이 다리를 설계한 리명세가 바로 내 친동생인 곽명세인 줄은 나중에 알았다.

북한 찬양 일색의 마스게임

28일에는 김일성 경기장에서 마스게임을 관람했다. 5만 명 학생의 집단 체조였다. 여기에도 '김일성은 김정일이다'라는 글자 등 북한 찬양 카드섹션이 펼쳐졌다.

저녁 7시30분부터는 교포 북한 방문 목적인 '세계 평화를 위한 체육 및 예술 축제' 개막식에 참가했다. 안내원이 예의를 갖춰달라고 해서 남자들은 정장에 넥타이를 했다.

그러나 15만 평양시민이 모인 행사에는 일본 여자와 남자 레슬러 등 일본 저질 프로 레슬링과 일본 노래가 판을 쳐 국제 친선이라는 말이 무색하고 일본 관광객 상대 쇼라는 인상이 깊었다.

비선 폭포 앞에서 조요한씨(왼쪽)와 함께

29일에는 평양에서 2시간 걸리는 개성으로 떠나 한옥마을, 선죽교, 고려 박물관, 공민왕릉, 그리고 판문점 관광 후 다시 평양으로 돌아왔다. 개성 선죽교는 고려 말에 충신 정몽주가 이성계를 문병 갔다가 돌아올 때 이성계의 아들 이방원이 보낸 자객에게 피살된 곳으로 유명하다. 직접 보니 돌다리는 길이 8.35m, 너비 3.36m로 생각보다 작은 돌다리였다.

정몽주가 철퇴를 맞아 죽었을 때 흘렸던 피 얼룩이 아직도 남아 있는 것으로 유명해 자세히 보니 화강암 일부에 붉은 색이 보였다.

고려 수도였던 개성은 높은 건물이 없고 전주 한옥마을 같은 고유한 한옥마을 등 고풍스런 도시 형태로 개발되어 있는 것이 특징이었다. 우리는 한옥 마을을 걸어가며 구경하고 안에 있는 식당에서 식사를 했는데 이때 개성 인삼주 한잔 씩 나눠주었다. 그러나 개성에 가면서 진짜 북한의 시골을 볼 수 있었는데 마치 한국의 60년대 농촌처럼 가난한 모습이었다.

마침 버스에 탄 일행 한 명이 고향이 바로 개성 박연폭포 아래 마을이라며 박연폭포를 보여 달라고 요청했으나 안내원은 당초 일정대로 움직이니 갈 수가 없다며 더 좋은 폭포를 보여준다고 말했다.

어렵게 북한에 와서 자기의 고향이 바로 앞에 있는데도 가지 못하는 그 사람의 안타까운 마음을 이해할 수 있었다.

이어 개성에서 판문점으로 갔다. 남한이 아니라 그 반대인 북한 쪽에서 바라보는 판문점 군사분계선의 군사정전위원회 회의실은 만감이 교차했다. 정말 언제 조국이 통일되어 이런 분단 없이 자유롭게 남북을 오갈 수 있을까?

나는 남북 대표들이 마주 앉는 자리에 앉아 조요한 씨와 함께 사진도 찍었는데 금세 자리를 떠야 했다.

금강산 관광 시 다른 일행과 안내원들(양쪽)

30일에는 묘향산으로 출발해 국제 친선 박물관, 보현사, 비선 폭포를 보았다. 국제 친선 박물관은 김일성이 전 세계 지도자들로부터 받은 선물들도 있어 눈길을 끌었는데 권총, 장총 등 총 종류가 꽤 많이 있었다.

묘향산 등반에서는 서산대사가 임진왜란 당시 승병을 일으켜 왜군과 싸워 공을 세웠다는 보현사에 갔다. 대웅전은 문이 열려져 있어 법당 안에 불상 등을 볼 수 있었다.

뜻밖에 주지 스님은 양복 위에 승려가 입는 장삼 웃옷을 입었고 머리도 길러 놀라지 않을 수 없었다. 법당 안으로 들어가지도 못하게 해 진짜 불교 사찰이 아니라 외국인들에게 보여주기 위한 것이라는 생각이 들었다.

묘향산 비선폭포도 매우 아름다웠다. 빠른 걸음으로 폭포 위 정상까지 올랐다. 폭포 아래를 내려다보니 내가 제일 먼저였고 그제야 다른 일행들이 올라오는 것이 보였다.

산 정상 전망대에서 뜻밖에 벌침을 여러 번 받아 고생하기도 했다. 그곳에는 기념품 가게도 있고 커피도 팔았는데 나는 등산복 차림으로 사진을 찍고 있었다. 이때 내 등 옷 안으로 벌 한 마리가 들어가 침을 놓았다. 벌을 쫓아내려고 여러 번 등을 문지르다 보니 5,6번이나 벌에 쏘여 퉁퉁 부었다.

가지고 간 약도 없었으나 마침 일행의 조요한 씨가 가게에서 독한 술을 사가지고 와서 등에 부었더니 통증이 좀 사라졌고 등산 후에 일행 중 한명이 준비해 가지고 온 약을 바르고 나았다.

묘향산 등반 전 안내원으로부터 설명을 듣고 있다.

5월1일에는 금강산으로 갔다. 가는 길에 고구려 시조인 동명성왕 능을 보고 원산으로 향했다. 원산 도착 후 송도원, 삼일포 호수, 명사십리 관광을 했는데 너무 아름다웠다.

원산항에는 마침 북한이 나포했던 미국 푸에블로 호가 전시되어 있었다. 안내원은 "미 제국주의 놈들이 우리나라를 쳐들어 왔는데 우리가 생으로 잡아버린 배"라고 설명했다.

미 해군 정찰함인 푸에블로 함은 1968년 1월23일 동해 공해 상에서 북한 해군에 의해 나포되어 83명의 승무원들이 11개월이나 붙잡혀 있다가 풀려났다. 미 해군 사상 처음으로 외국 군대에게 군함이 피랍된 사건이다.

나는 몰래 푸에블로 사진을 찍었다. 이를 본 한 안내원이 필름을 뺏으려했다. 나는 찍지 않고 찍으려 했다고 우겨서 그동안 나와 좀 친분이 있는 다른 안내원의 만류로 뺏기지 않았다.

5월 2일은 북한 여행 마지막 날로서 금강산에 올라 비로봉, 구룡폭포, 만불상, 기암절경의 일만이천봉을 보고 감탄했다. 특히 설악산 12 선녀탕

개선문 앞에서 조요한 씨와 함께. 가운데는 전 신라식당 고사장

처럼 금강산에도 상팔담이라 불리는 팔선녀탕은 선녀와 나무꾼 전설로 유명한데 계곡 밑으로 8개의 연못을 흐른 물이 바로 '구룡 폭포'가 되고 있어 너무 아름다워 감탄을 주었다. 현지 설명문에는 "구슬처럼 아름다운 담소 8개가 구룡폭포 위에 있다"고 설명되어 있었다.

설악산과 지리산 등 한국의 명산을 다 등반했지만 금강산 하고는 비교가 되지 않는다는 생각이 들었고 그럴수록 하루빨리 통일되어 많은 사람들이 자유롭게 금강산을 관광하면 좋겠다는 생각이 절로 들었다.

그러나 아름답게 보존해야 할 금강산에는 수많은 절경의 바위 위에 '김일성 장군 만세', '천출 명장 김정일 장군' 등 북한 찬양 글귀가 빨강 글씨로 새겨져 있어 정말 흉측스러웠다.

더구나 글씨 한자 크기도 사람의 2배 정도나 되어 멀리서도 다 보이니 보는 사람들 마다 북한 지도자를 찬양하기는 커녕 자연을 훼손했다고 욕을 할 것이라는 생각이 들었다.

금강산뿐만 아니라 묘향산에도 똑같이 자연석 위에 빨강 글씨들이 있었으나 금강산에 바위들이 더 많기 때문에 더 많은 글씨들이 있고 더 수치스러웠다.

우리 일행들이 큰 소리는 내지 못하고 수군거리며 욕을 했으나 안내원은 듣고도 모른 체하며 자리를 피하기도 했다.

5월3일에는 평양을 떠나 북경으로 다시 간 후 4일까지 만리장성, 천단 등 관광을 하고 5일 다시 서울로 돌아왔다.

북한 방문은 북한이 외국인들을 대상으로 하는 관광 코스였기 때문에 가는 곳마다 외국인들이 많았다. 예상대로 북한 여행에서는 일체 북한 주민들과 말을 하는 것 등 개인 접촉은 금지되었고 사진도 마음대로 찍지 못하게 했다.

내가 북한을 방문한다고 하자 평양 출신인 처형이 예전에 가족이 살았던 주소를 주며 한번 알아봐달라고 부탁했다. 이 같은 개인 부탁은 당시 허용되지 않았기 때문에 다른 일행들이 호텔에서 잠자는 시간에 책임자를 호텔 술집 바로 불러 술을 사주고 부탁했다.

그는 안 된다고 하면서도 내일 알려주겠다고 말했다. 다음날 우리가 마스게임을 구경할 때 살짝 나오라고 눈치를 보냈다. 마스게임이 열린 김일성 경기장 밖에는 평양 개선문이 있는 광장이 있었다.

개선문은 1982년 김일성의 70번째 생일에 맞춰 건립되었다. 프랑스 파리의 에투알 개선문이 모델이 되었다. 그러나 평양 개선문은 높이 60m, 너비 50m로, 파리 개선문보다 더 크게 지어졌다.

안내원은 모란봉 쪽에 있는 오른편 기둥 있는 곳이 예전에 처갓집이 있던 곳이라며 6.25 전쟁 때 평양이 폭격으로 이 지역 일대의 모든 가옥들이 파괴되었다며 새로 도시 계획으로 개선문 등 주요 건물이 건설되고 행사도 이 광장에서 열린다고 설명했다.

처갓집뿐만 아니라 두 번째 방북에서 알게 되었지만 옛 내 함흥 집이 있던 함흥 극장 일대도 평양과 마찬가지로 전쟁 중 폭격으로 폐허가 되어 모두 새로 도시 계획이 되었기 때문에 자취조차 알 수 없었다.

우리 집의 경우도 함흥 극장은 사라지고 그 지역이 광장이 되었다. 안내원은 멀리서 "저기가 곽선생이 옛날에 사시던 곳"이라고 알려주었을 뿐 무슨 이유인지 더 가지 못하게 했다.

이 같은 첫 번째 북한 방문에서는 꿈에도 그리던 고향의 어머니와 형제들을 만날 수도 없어 아쉬움이 컸다.

PART 30

꿈에 그리던 어머니 만나

첫 번째 방북에서는 어머니를 만나지 못했지만 드디어 두 번째 방북에서는 꿈에 그리던 어머니를 만났다.

당시 어머니는 78세였기 때문에 1998년 두 번째 방북에서는 어머니가 살아 계실 것이라는 확

한적한 개성 거리

신을 갖고 적극적으로 책임자에게 부탁했다.

알아보니 북한은 첫 번째 방북에서는 가족을 못 만나게 하고 두 번째에서야 가족상봉을 주선한다는 것이었다. 2 차 방북은 첫 번째처럼 단체 관광이 아니고 순전한 개인 방북이었다.

첫 방북 후 어머니를 만나기 위해 2년 전부터 두 번째 방북을 관계 단체에 신청했고 모든 준비가 다 되었는지 언제 북경 호텔로 오라고 연락이 왔다.

나 혼자 북경으로 갔는데 그곳에서 다른 시애틀 한인 2명 등 모두 4명을 만났다. 이 4명 중 첫 방북인 그들과는 달리 두 번 방북한 나만 가족을 만날 수 있었다.

첫 번째 단체 방북 시 버스로 안내된 것과 달리 두 번째는 개인 방북이고 인원도 적어 벤츠 전용차로 평양을 구경했다. 이미 1차에서 평양 관광을 했지만 할 수 없이 평양 구경을 또 했다. 첫 번째와 달리 두 번째에서는

김일성 대학 강의실까지 들어가 강의하는 것을 구경하고 교수들과 앉아서 좌담도 할 수 있었다.

김일성 대학 학생들은 컴퓨터로 공부하고 있었다. 안내원은 재일교포들과 남조선에서 컴퓨터를 기증했다고 설명했다.

김일성 대학 교수는 우리들에게 주체사상에 대해 자랑했다. 그러나 이북과 한국 생활을 겪었고 미국에 살고 있는 나로서는 동의할 수 없는 주체사상을 들을 수 없었다. 그래서 당시 보청기를 낄 정도로 귀가 나빠 들을 수 없다며 회피했다.

이미 방북 전에 책임자에게 어머니와 동생을 보고 싶다고 간청했고 평양에서 개인 면담도 했기 때문에 책임자는 일행이 묘향산에 갈 때 나만 남아 있으라고 말했다. 두 번째는 금강산이나 판문점에도 가지 않았다.

모든 것이 잘 되는 줄 알았다. 그런데 갑자기 책임자가 안 되겠다는 것이었다. 안내원 두 명 중 한명인 A가 오더니 "어머니가 죽었다"고 말했다. 순간 '죽었다'라는 말에 화가 나서 "아니 돌아가셨다고 해야지 죽었다는 말 표현이 무엇이냐?" 라고 따졌다.

40대로 보이는 그는 "우리 공화국에서는 돌아가셨다는 표현은 길을 돌아갔다는 것이고 사람은 죽었다고 말한다"고 반박했다.

나는 "당신들은 김일성 대학도 나온 인텔리인 줄 아는데 말도 예의를 갖춰 해야 되지 않느냐?"라며 당장 이북을 떠날 터이니 여권을 돌려달라고 강한 어조로 말했다.

"미국에 돌아가면 미국과 한국 언론에 공화국에 갔더니 관료들이 50년 만에 어머니를 찾으려는 교포를 무시하고 예의도 없는 짓을 했다고 전 세계에 알리겠다"고 강하게 나갔다. "당신들 이름도 내가 알고 있으니 그대로 밝히겠다"고 겁을 주었다.

어머니가 살아계시는데 돌아가셨다고 거짓말 한다는 것을 확신하고 엄포를 놓았다. 이들은 내가 시애틀 한인회장을 했기에 감투가 높은 사람이라고 평소 생각했는데 이 같은 큰소리에 기가 죽었는지 A는 슬그머니 꼬리를 내리고 자리를 떴다.

다른 안내원인 B가 "곽선생님 진정하시라요" 하며 달랬다. "사실은 어머니 살아계십니다" 라고 말했다. 나는 더 화가 나서 "그러면 왜 못 만나게 하느냐?"고 따졌다. 그는 "어머니가 최근 스트로크로 반신불수가 되었기 때문에 만나면 더 불편해 하실까봐 그랬습니다" 라고 변명했다.

어머니가 살아만 계신다면 시각장애인이거나 한센병 환자라도 좋다며 만나고 싶다고 말했다. 그랬더니 몸이 불편해서 함흥에서 평양까지 못 모신다는 것이었다. 나는 다시 "그러면 내가 가겠다"고 강조했다.

B는 이 경우 택시비용이 엄청나게 비싸다며 감당할 수 있겠느냐고 물었다. 1차 방북 시에는 초청을 받았기 때문에 단지 비료 값으로 1,000불만 냈고 2차는 개인 방북이어서 비료 값으로 3,000불을 부담했다.

함흥까지 택시비가 1,000불이라니 놀라지 않을 수 없었다. 그러나 어머니를 만나려는 마음으로 승낙했더니 택시비용 외에도 미제 말보로 담배와 영국 던힐 담배 등을 케이스로 많이 살 것도 요구했다.

드디어 어머니를 만나러 함흥으로 떠나기 전 외국인 상대 식품점에서 담배는 물론 어머니와 가족에게 줄 선물들도 구입했다.

북한에 올 때 어머니와 가족들을 주려고 남녀 손목시계 7개를 구입했으며 옷가지도 가져오고 특히 어머니가 젊었을 때 미군상대 장사를 하면서 좋아하시고 우리에게 주었던 롤리팝 사탕, 껌 등도 사왔다.

시계를 산 이유는 북한에서 어머니를 만난 한 분의 책을 읽었는데 가장 후회되는 것은 북한에서 제일 좋아하는 금딱지 세이코 시계 하나를 못 사준 것이라고 했다.

코스트코에서 금딱지 세이코 시계를 그때 가격으로 170-180 불 정도에 샀고 상표도 떼지 않았다. 세관에 걸리지 않도록 플라스틱 랩으로 포장했다. 이래야 엑스레이에 걸리지 않는다고 했다. 다시 랩으로 싼 시계들을 양말 안에 넣어 몰래 가지고 왔다. 다행히 세관에서 걸리지 않았다.

안내원은 박 모라는 비교적 높은 지위 사람이었다. 우리는 원산에서 점

심을 먹고 함흥으로 출발했는데 무려 6,7시간이나 걸려 해가 뉘엿뉘엿 할 때 쯤 함흥에 도착했다.

평양을 떠나 함흥에 가는 도로들은 정말 내가 살았던 해방 전

호텔방에서 어머니를 찾으려고 내가 만든 전단지를 어머니에게 보여주고 있다. 북한 선교를 했던 분들에게 혹 연락되기를 바라며 부탁했던 것이다.

과 똑같이 포장도 되어 있지 않고 확장도 되지 않은 나쁜 상태 그대로이었다. 심지어 4차 방북을 했던 2007년까지도 전혀 도로들이 변하지 않았다.

가는 길에 공사 중인 마천령 스키장 밑으로 있는 터널 공사장을 지나가야 했는데 차들이 많이 밀려 있었다. 그러나 우리 차는 바로 제일 앞쪽으로 갔고 그곳 경비 군인에게 가져간 담배 30갑 중 20갑을 주었다. 책임 장교에게는 따로 말보로 5갑을 이미 준비한 봉투에 넣어 주었다.

장교는 경례를 하고 발파 공사도 중지시키고 다른 차들을 정지시켰으며 우리 차를 공사장 위 산 고개 지름길로 가게 했다.

이 길은 고개를 넘어 원산으로 가는 지름길이지만 군사용 도로인지 곳곳에 탱크가 세워져 있을 정도로 경비가 심했다.

함흥에 도착해 5층 고급 호텔인 '함흥 신흥산려관'에 도착했다. 정문으로 들어가니 조금 멀리 응접실이 있었고 왼쪽에 사람들이 웅성웅성 대고 있었다.

들어가니 앉아 있던 15명 정도의 사람들이 일어나 기다렸다. 함흥의 높은 간부들이었다. 제일 높은 정치보위부 부위원장이 나를 소개했다. "함흥이 자랑하는 리명세 선생의 형님이 50년 만에 미국에서 조국을 찾아 왔습

니다"

리명세의 형님이라는 말에 의아했다. 평양에서 옥류교를 걸었을 때 설명하는 안내원이 "이 다리는 리명세 선생이 건축 설계 공모전에서 당선되어 영웅 칭호를 받은 아름다운 다리"라고 자랑한 것이 생각났다. 알고 보니 바로 리명세가 내 친동생 곽명세였다.

이어 함흥시 부위원장(부시장)은 리명세씨가 당선되어 영웅 칭호를 받았기 때문에 가족들이 평양으로 이사 갈 수 있었으나 어머니가 큰 아들이 다시 올 때까지는 함흥을 떠나지 않겠다고 고집을 부려 평양으로 이사하지 않았다고 설명했다.

어머니가 지난 50년 동안 큰 아들인 내가 다시 돌아올 것을 믿고 떠나지 않았다는 사실에 목이 메었다. 이들의 환영보다도 당장 어머니를 보고 싶었다. 응접실 한쪽 소파에 앉아 있는 백발 할머니와 같이 있는 사람들이 가족처럼 생각되어 그 쪽으로 걸어갔다.

그러나 걸어가면서도 10미터 쯤 떨어져 있는 곳에 앉아 있는 사람이 진짜 어머니인가 하는 의구심이 순간적으로 들었다. 언젠가 이북출신 타주 한인회장의 말을 들었다. 북한에 가서 돌아가신 어머니 대신 고모, 이모를 만났고 이야기를 해보니 어렸을 때 이야기와 달라 진짜 친지가 아니라고 생각했다고 했다. 또 다른 LA 한인도 북한에 가서 친지들을 만났는데 의심이 갔다며 괜히 보따리 선물만 주고 왔다고 후회했다.

만감이 교차하는 가운데 소파에 앉아 있는 백발 노파가 어머니라고 믿고 바닥에서 큰 절을 올렸다. 순간적으로 어머니 얼굴을 봤으나 50년이 지난 얼굴이라 전혀 알아 볼 수가 없었다.

정말 꿈에서 그리던 젊고 고운 어머니가 아니라 백발에 주름살이 얼굴에 가득하고 반신불수가 되어 움직이지도 못해 길에서 옆을 지난다 해도 알아보지 못할 정도였다.

어머니와 함께 셋째 동생 부부와 둘째 명세 동생의 부인 그리고 조카와 손주들도 왔었다. 나중에 이야기 해보니 내가 진짜 어머니인가 의심했던 것처럼 이들도 갑자기 미국에서 왔다는 나를 미국이나 남조선의 스파이가 친형으로 위장한 것 아닌가 의심했다고 한다. 정말 남북한 이산가족의 비극이라고 지금도 뼈저리게 느끼고 있다.

어머니에게 큰 절을 했지만 확신이 없어 끌어안지도 못했다. 그런데 머리를 대고 있던 어머니가 "네가 '마사오' 맞지?"라고 희미하게 말했다. 깜짝 놀랐다. 마사오는 내가 일제 강점기에 태어났기 때문에 지어진 일본 이름이었다.

1945년 해방되던 6살까지는 동네에 일본 아이들도 많고 일본말을 해야 했기 때문에 나는 항상 마사오라고 불렸다. 그래서 지금도 일본말을 조금 할 수 있다.

놀라움 속에 어머니는 또 "네가 정웅 맞지?" 그러는 것이었다. 정웅(正雄)이 일본말로 '마사오'이다. 내 이름은 해방되고 '종세'라고 바꿔졌기 때문에 옛 일본 이름을 아는 사람은 부모 외에는 아무도 없었다.

순간적으로 친 어머니라는 생각이 들었다. 더 놀랍게 어머니는 오른 손으로 내 머리를 쓰다듬으며 "너 쌍가마 있지'?" 하고 물었다.

이름은 다른 사람도 외우면 말 할 수 있지만 쌍가마가 있다는 것은 어머니 와 나 혼자만 아는 비밀이었다. 북한에서 어릴 적 머리를 박박 깎은 나에게는 쌍가마가 보여 아이들이 장가를 두 번 간다고 놀리기도 했다.

이 같은 어머니 말에 진짜 친어머니라고 생각하고 눈물이 왈칵 나오며 일어나 어머니를 껴안았다. 동생 동세도 달려와 "형님" 하며 같이 포옹했다. 이와 함께 "오빠", "큰아버지" 소리가 터져 나오고 서로 얼싸안고 눈물을 흘렸다. 50년 만에 친 어머니와 동생 가족들을 만난 기쁨의 순간이었다.

지금도 그 순간을 생각하면 눈물이 계속 흘러나와 앞을 가린다. 얼굴을 가까이 하고 자세히 보니 어머니는 반신불수로 왼쪽 눈을 보지 못했다. 100세 시대에 당시 어머니가 78세였으니 아직 건강해야 할 터인데 안타까웠다.

어머니 환갑 사진

동생들은 나를 만나기 한 달 보름 전에 큰 아들이 미국에서 온다는 소식을 듣고 충격을 받아 반신불수가 되었다고 말했다.

가족 상봉 방북은 사실 2년이나 걸리는데 북한 측도 다 조사를 한 후 한 달 보름 전에 가족에게 통지를 하고 준비를 시킨 모양이었다. 그러나 안내원은 이 같은 감격적인 상봉의 사진도 못 찍게 했을 뿐만 아니라 가족 외에는 일체 밖으로도 알리지 못하게 했을 정도로 폐쇄적인 사회였다.

미국 같으면 이런 기사는 신문에 사진과 함께 대서특

왼쪽부터 금숙의 딸 영희, 둘째 명세의 처, 넷째 금숙. 어머니, 나. 뒤에는 내가 준 양복을 입은 동세. 식사 후 후식 때 찍은 사진.

필 되었을 것이다. 그래서 나중에 호텔 방에 올라와 우리끼리만 있었을 때 몰래 사진을 찍었다. 또 동생이 몰래 어머니의 환갑 사진 등 옛날 사진들을 몇 장 가져와 지금도 소중히 보관하고 있다.

옛날 사진들을 보니 어머니가 살도 찌고 풍채도 있었으나 만났을 때 어머니와 가족들은 모두 야윈 빼빼 가족이었다. 반면 여성인 려관위원장(사장)은 풍채가 좋은 것처럼 북한에서는 고위층들만 몸이 나오는 것 같았다.

당시 내가 58세인데도 어머니를 만날 수 있었던 것은 어머니가 20세에 일찍 나를 낳았기 때문이라고 감사했다.

어머니를 만나게 해준 박 책임자에게 고마움을 표하고 참석자 모두에게

어머니가 의자에 앉으시고 셋째 동세, 넷째 금숙, 둘째 명세의
아들에게 아버지 대신 큰 형인 나에게 절하라고 시키신다.

한턱을 내겠다며 려관 위원장에게 술과 식사를 대접해 줄 것을 주문했다.

가족에게 제일 먹고 싶은 것을 물어보니 소고기 국밥에 흰쌀밥이라고 해서 최고 음식에 곱빼기로 주문했다. 남으면 싸갈 수 있도록 했다. 가족들은 이런 식사는 몇 년 만에 처음 먹는 것이라며 그 자리에서 다 먹었다.

이를 보면서 북한에서 영웅 칭호를 받는 집안조차 소고기 국밥에 흰쌀밥을 먹지 못한다는 것에 마음 아팠다.

이 호텔에는 두 방 가운데를 터서 하나로 만드는 특실이 있었고 우리는 이 방으로 올라갔다. 조카가 어머니를 업고 들어왔다. 나는 가지고 온 큰 가방 2개를 풀어서 선물을 모두 나눠주었다. 입고 온 양복도 동생에게 주고 점퍼만 입었다.

어머니에게는 시계를 직접 손목에 채워드렸다. 그렇게 좋아하던 모습이 지금도 눈에 생생하다. 명세 동생에게도 주기위해 시계를 가져왔으나 1년 반 전에 위암으로 세상을 떠났다는 안타까운 소식에 부인에게 대신 주었다.

둘 째 명세는 평양 건설 운수대학에서 건설학부를 졸업하고 옥류교, 만세교 등 여러 다리와 주요 도로, 건축물들을 설계하고 시공 지도를 했는데 6개월 휴가가 있는데도 일을 하다가 세상을 떠났다고 한다.

셋째 동세 부부에게도 시계를 주는 등 선물을 모두 나눠주니 너무 기뻐했다. 시계의 경우 상표도 떼지 않았다. 그래야 진품 가치가 있다고 한다.

방에 들어와서도 우리는 마음대로 이야기를 할 수 없었다. 북한에 오기 전 가족들이 만나는 방에도 비밀 도청 장치가 있고 몰래 사진까지 찍기 때문에 조심해야 한다고 교육도 받았지만 사실인 것 같았다.

동생도 방에 들어오자 손짓으로 입을 가리는 시늉을 하고 쓸데없는 소리는 하지 말라고 경고했다.

우리들은 중요한 이야기를 글을 써서 했다. 나는 먼저 우리 집안에 막내 여동생과 큰 외삼촌, 3째 외삼촌, 그리고 그 아들 등 의사가 모두 4명이나 되는데 어떻게 어머니가 반신불수가 되도록 치료도 하지 않고 방치했느냐고 원망했다.

동세는 "지금은 고난의 행군 때이기 때문에 의사 가족이라고 봐줄 수 없다"라며 듣기 좋게 말을 하고 밖에서 듣는다는 신호를 하고 말을 바꿨다.

그날 밤 우리 가족과 나는 도청에 걸리지 않도록 이불을 뒤집어쓰고 이야기를 나눴다. 이불 속에서 어머니는 먼저 아버지의 소식을 물었다. 한국에서 재혼해 아이들까지 낳은 아버지와 달리 어머니는 50년 동안 재혼하지 않고 아버지를 기다리셨다.

그 같은 어머니를 실망시킬 수 없어 아버지도 혼자 사시고 잘 계신다며 다음에는 아버지를 모셔오겠다고 거짓말을 했다.

이불 속에서 동생과 이야기 하면서 동생 곽명세가 리명세가 된 사연도 들었다. 북한에서는 월남 가족이면 학교도 못가고 군대도 못가는 등 사회에서 매장 당한다고 한다.

유도를 가르쳐 주었던 큰 외삼촌이 고민을 하던 중 보

신흥산 호텔 앞에서 막내 여동생 금숙이 딸 영희와 함께

안, 정보부 제자들을 통해 6.25 전쟁에서 동원령으로 징집되었다가 사망한 리진서 군인이 있는데 아직 호적의 가족 정리가 안 되어 있다는 것을 알게 되었다.

동생 동세에게 외투를 주고 함께 동흥산(옛 반룡산) 정상에 있는 전망이 좋은 구천각 앞에서 사진 촬영.

리진서와 진짜 나의 아버지 곽진서의 이름이 같기 때문에 큰 외삼촌은 우리 가족을 리진서 가족으로 바꿔 등록하고 리씨로 행세했다. 그래서 동생 명세는 리명세가 되어 공대를 나왔고 옥류교 설계 공모전에 당선되어 영웅칭호까지 받은 것이었다.

그러나 리진서의 진짜 가족이 후에 나타나 외삼촌이 체포되었고 의사 면허도 박탈당하고 결국은 돌아가셨다고 한다. 동생은 더 이상 큰 외삼촌 이야기는 하지 말라며 묘지에도 얼씬 못한다고 말했다.

셋째인 동세는 당시 원산 농대를 졸업하고 북한 강제 수용소인 요덕 수용소가 있는 요덕군 부군수였으나 마지막 4번째 방북에서는 그에 대한 소식도 들을 수 없을 정도로 사라졌다. 여동생 금숙이는 오빠가 나쁜 데 갔다며 더 이상 찾지 말라고 당부했다.

금숙이는 20대 예쁜 외동딸과 같이 왔는데 방송국에서 일한다고 했다. 복장이 한국과는 비교가 되지 않을 정도로 허름한 다른 가족들과 달리 멋 있는 버버리 코트를 입고 와서 물었더니 재일 교포 친구에게 빌렸다고 한다.

코트 값이 100불이라고 해서 빌리지 말고 사 입으라고 돈을 주었다. 다시 방북했을 때 버버리 코트를 입지 않아 이유를 물었다. 코트 값 100불이면 1년을 먹을 수 있어 사지 않았다고 했다. 정말 비참한 북한 주민들의 생활을 실감했다.

가족 상봉은 불과 그날 저녁 뿐이었고 다음날 일찍 떠나야 했기에 그날 저녁 이불 속에서 50년 만에 만난 어머니의 쭈글쭈글한 젖을 만지며 함께 밤을 꼬박 새웠다. 어릴 적 보았던 아름답고 고았던 어머니의 몸매는 아니었지만 그 어느 때보다 행복한 순간이었다.

눈물 속에 50년 만에 만난 어머니와의 짧은 시간을 가진 후 다음날 일찍 다시 눈물 속에 어머니와 가족들과 헤어져 평양으로 돌아왔다. 어머니와 이별할 때 나는 "2년 후에 꼭 다시 돌아오겠다"고 약속했다.

평양에서 함흥으로 가는 6시간 동안 진짜 평양이 아닌 북한의 지방을 볼 수 있었고 가족 상봉을 통해 주민들이 어떻게 사는 지 알 수 있었다. 평양은 마치 할리우드 영화 세트나 가설무대처럼 외국인들에게 보여주기 위해 만들어져 있었다.

식당에서 값싼 라면을 먹고도 나올 때는 이빨을 쑤시며 배부른 체 한다는 말이 있지만 북한은 정말 국민들이 어렵게 살아도 외부에는 평양처럼 잘 사는 것같이 전시효과로 허세를 부리고 있는 것을 확인 할 수 있었다.

반면 일반 주민들은 통행의 자유도 없었고 자식이 부모를 고발까지 할 정도로 감시가 심하기 때문에 하고 싶은 말을 할 수 있는 자유도 없었다.

특히 경제적으로도 통계에 따르면 사실 북한은 내가 살던 6.25 사변 전이나 70년대 이전까지만 해도 남한보다 더 잘 살았다. 1인당 국민 소득은 70년에 북한이 740 달러, 남한이 242달러였다. 그러나 그 후부터 남한이 비약적인 성장을 한 반면 북한은 정체되어 2020년의 경우 북한의 명목 국민총생산(GDP)은 남한의 56분의 1 수준일 정도로 소득 격차가 크게 벌어졌다.

통계뿐만 아니라 비참한 북한 실정을 직접 보고 느끼고 난후 가족들을 탈북 시키고 싶은 마음이 들었다. 그러나 그 경우 남은 가족들이 희생당할 수 있기 때문에 포기하고 말았다.

PART 31

약속 지킨 3차 북한 방문

두 번째 방북 후 다시 미국에서 사업에 바빴지만 어머니에게 2년 후 다시 오겠다고 약속을 했기에 2년 후인 2000년 세 번째 방북으로 그 약속을 지켰다.

북한에서 어머니를 만났다는 반가운 소식에 이번에는 사돈인 엄도승 박사도 함께 갔다. 그도 평북 오산 출신이었고 북한에 남아있는 누나 둘이 오산 중고교 교사 은퇴 후 평양에 살고 있다고 말했는데 실제 평양근교 순안 비행장 근처의 고등학교 미술 교사와 음악교사로 은퇴하여 지금은 함경남도 고원읍에 살고 있었기에 만나고 싶어 했다.

가족 만남은 원래 두 번째 방북에서만 이뤄지지만 나의 사돈이고 내가 관계자에게 특별히 부탁해 성사되었다. 그러나 그는 누나들이 은퇴 후에 한 아파트 동에 살고 있었다고 했으나 웬일인지 자세한 이야기는 하지 않았다. 아마도 교사까지 하고 은퇴했는데도 비참하게 사는 모습을 말할 수 없을 것이라고 짐작한다.

세 번째 방북도 역시 평양 관광을 하게 했다. 그리고 전과 같이 마지막 날에 택시를 타고 함흥에 가서 2차와 같은 '함흥 신흥산려관' 호텔에서 어머니와 가족들을 다시 만났다.

2년이 지났지만 다행히 어머니는 건강한 편이었고 동생들과 조카들도 예전과 같은 모습이어서 서로 반갑게 재회하고 좋은 시간을 가져 기뻤다. 이번에도 가족들에게 소고기 국밥과 흰쌀밥으로 대접하고 가지고 간 푸짐한 선물들도 나눠주었다.

두 번째 만남에서 어머니는 "이번에 같이 오기로 한 아버지는 왜 안 왔느냐?"라고 물었다. 나는 또 "아버지가 건강이 안 좋으셔서 지금 양로원에 계시기 때문에 못 왔다" 라고 거짓말을 했다.

미국에서 돌아가신 아버지

북한에 가기 전 이미 서울에서 아버지와 계모에게 어머니를 만나고 온다고 이야기 했고 다녀온 후에도 어머니를 만났다고 말씀드렸다. 이에 대해 아버지는 담담해 하셨지만 계모는 입장을 바꾸고 정색으로 싫어했다. 아마 아버지의 마음이 두고 온 어머니에게로 갈 것을 염려했을 것이다.

사실 나는 미국으로 온 후 시민권을 받고 아버지와 새 어머니 가족을 모두 미국으로 초청했다. 이들은 현재 시카고 등에서 잘 살고 있고 한명은 박사가 되었을 정도로 미국에서 모두 성공을 했다.

동생 동세의 결혼식 때 사진

아버지도 세 번째 방북전인 99년에 시카고로 오셨고 2006년에 90세로 세상을 떠나셨다. 그래서 2007년 네 번째 방북에서는 아버지가 입던 옷을 가져가 어머니에게 보여 드리려고 했으나 어머니는 2005년에 84세로 돌아가셔서 두 분의 재회는 이 세상에서 안타깝게 이뤄지지 못했다. 천국에서나 두 분이 다시 만나 기쁨을 나누시길 바라는 마음 간절하다.

세 번째 방북에서 요덕군 부위원장(부군수 격)인 동생 동세는 "요덕 군에서만 20년 있었는데 이제는 함흥으로 나와 어머니를 보살피고 싶다"며

어머니의 주민등록증 또는 당원증

전근 시켜줄 것을 부탁했다. 동생은 내가 시애틀 한인회장을 했고 북한에 세 번이나 왔기 때문에 미국과 북한에서도 상당한 배경이 있는 것으로 생각한 모양이었다.

재미있는 에피소드가 있었다. 평양에 있을 때 북한 최고위층 한명인 북한 평화통일 부위원장이 초대소로 나와 엄도승 박사 등 5명을 특별 초대했다.

량강 호텔 뒷산 정상 쪽에 있는 초대소는 외국 귀빈들에게만 제공하는 고급 숙박시설이다. 이 자리에서는 개고기 등 북한 별미에 꼬냑, 뱀술, 보드카 술 등이 제공되는 융숭한 대접을 받았다.

식사하면서 부위원장과 대화를 하는 데 내 주위로 음식 서브를 하는 사람 같지 않은 사람들이 나를 감시하는 이상한 느낌을 받았다. 순간적으로 귀에 끼고 있는 보청기 때문인 것을 깨달았다. 당시 청력이 좋지 않아 보청기를 끼고 있었는데 밖에서 보이지 않는 최신식 제품으로 가격이 2,800불이나 되었다.

아마도 초대소 정보원들이 도청 장치를 가지고 있는 스파이로 감시한다는 생각이 들어 귀에서 보청기를 꺼내 테이블에 놓고 닦기 시작했다.

그것을 본 부위원장이 "그것이 무엇이냐?"고 물었다. 나는 귀가 나빠 그동안 3번이나 수술을 했는데도 좋지 않아 보청기를 끼고 있다고 보여주며 설명했다.

당시 북한에서는 이 같은 보청기가 없었던지 부위원장도 놀라며 유심히 살펴봤다. 그때서야 주위에서도 스파이가 아니라고 생각했는지 감시가 없어졌다.

그러나 이 자리에서 엄도승 박사는 남북을 비교하며 북한에 대해 좋지 않은 말을 하기도 해 우려하고 발로 그를 툭툭 차며 말조심 하고 선을 넘지 않도록 매우 주의시켰다.

한번은 농담을 한다고 깡패를 북한 공산당과 비교하는 바람에 식은땀이 흘릴 정도였으나 재치 있게 말을 돌려 다시 웃는 자리가 되기도 했다.

함흥으로 가는 길에 신평 호수에서 어머니를 만날 수 있도록 기도하고 있다.

북한에서는 교포들도 북한 체제를 비난 하는 말을 잘못했다가 억류되는 일도 있기 때문에 지금 생각해도 당시 너무 놀라웠고 무사히 넘어간 것도 다행이었다.

북한에서 또 주의할 것이 있다. 북한을 다녀 온 사람들이 미인계에 걸려 나중에 협박을 받는다는 말도 있어 항상 북한을 갈 때마다 조심을 했다. 어느 날 내 방을 누

평양에서 함흥까지 수고해준 참사 안내원(왼쪽)과 함께 얼어붙은 신평 호수에서 잠시 휴식.

가 노크 하더니 20대 후반이나 30대 초로 보이는 젊은 여자가 들어왔다.

순간적으로 미인계라는 생각으로 정색을 하고 웬 여자가 들어오느냐고 화를 내며 나가라고 강하게 말했다. 그 여성은 방을 잘 못 들어왔다고 얼버무리며 나갔다.

3차 방북에서는 어머니를 다시 만나고 잘 계신 것을 확인 한 것만 해도 성공이었다. 나는 두 번째 만난 어머니에게 다시 2년 후 또 오겠다고 약속하고 눈물 속에 아쉽게 헤어졌다.

그러나 방북 후에 교통사고로 크게 다치는 바람에 2년이 아니라 7년 후에야 다시 북한을 가게 되었다.

PART 32

어머니 산소 찾은 4차 북한 방문

3차 북한 방문 후 내가 뜻하지 않은 교통사고를 당해 5년 정도나 후유증을 앓는 바람에 7년만인 2007년 4차 북한 방문을 했다.

북한에 가기 전까지 어머니가 돌아가셨다는 연락을 받지 못했다. 그래서 4차 북한 방문에도 어머니와 가족을 위한 선물들을 사가지고 갔다. 평양에서야 관계자는 어머니가 돌아가셨다고 알려주었다.

나를 기다리다가 돌아가셨을 뜻하지 않은 어머니 별세 소식에 불효자가 되어 밤새 울었다. 선물보다 어머니 제사용품을 사가지고 눈물을 흘리며 어머니 산소를 찾아가야 했다.

북한 안내원과 함께 함흥에 갈 때는 택시를 이용했는데 2차와 3차 택시는 일제 니싼이었다. 4차는 마침 그곳으로 출장 가는 고위 공무원이 있어 벤츠를 같이 타고 갔다. 그는 흥남 해수욕장도 구경시켜주고 식사도 하면서 친근함을 보여주었다.

이번에도 함흥에 가서 항상 묵었던 '함흥 신흥산려관' 호텔에 숙박했다. 이 여관은 세 번째 갈 때까지는 2,3층 규모로 생각했었으나 5층 호텔 큰 규모여서 함흥에 오는 사람들은 거의 다 묵는 곳이다.

이곳에서 어머니와 가족을 두 번이나 만났고 그때마다 푸짐하게 가족과 함흥 인사들에게 대접을 했기 때문에 여성 호텔 위원장(사장)이 반갑게 맞이했다.

산소에 가는데도 그녀는 자신의 벤츠 차에 나와 함께 타고 우리 가족들은 다른 차에 타도록 차 2대를 내주어 고마웠다. 그녀는 "어머니를 잘 모셨습니다" 라고 생색을 냈다. 정말 그녀의 말대로 어머니 산소는 명당자리에 있었다.

산언덕에 있는 산소에서는 앞으로 넓은 함흥평야와 성천강이 다 내려다보였다. 무덤도 봉분과 대리석으로 되어있는데 미국에 있는 공동묘지보다 더 좋았다.

어머니는 3차 방문 후 내가 다시 오겠다는 2년을 기다리고 또 기다리다가 5년 만에 세상을 떠나셨다고 한다. 미국에서 교통사고만 당하지 않고 5년 후에만 다시 방북을 했다면 살아계신 어머니를 만날 수 있을 것이라는 생각에 산소에서 또 눈물을 흘리며 안타까워했다.

네 번째 방문에서는 어머니와 남동생들을 만나지 못했지만 여동생과 조카 그리고 이젠 손주까지 만날 수 있었다.

특히 '어머니의 유서'라는 종이 한 장을 받았다. 진짜 어머니가 쓴 것이 아니고 어머니의 유언 내용을 여동생 금숙이가 요약한 것이었다. 유언 1번에는 "내 맏아들 종세를 만나 손목을 잡아 보고 눈을 감자고 5년 세월을

어머니 유언을 적은 종이. 하얀 종이도 아닌 누런 종이를 통해서도 북한 경제 사정을 알 수 있었다.

죽지 못하고 손꼽아 기다렸건만 끝내 보지 못하고 간다고 말하여라" 라고 나를 다시 만나지 못하고 세상을 떠나는 안타까움을 전해 달라고 하셨다.

2번에는 "숨이 살아 있을 때 정웅이(종세) 아버지를 한번 만 만나 그동안 내가 아이들을 데리고 살아온 이야기를 나누고 싶었으며 무척 보고 싶

북한 행 고려항공의 비행기 티켓

었다. 이젠 돌아갔다고 생각을 하면서도 살아 있으면 한번만 더 아버지와 아들의 손을 잡고 얼굴을 보는 것이 나의 마지막 소원이었다"

두 번째 유언에서 눈물을 흘리지 않을 수 없었다. 나도 어머니를 50년 동안 그리워했지만 어머니는 젊었을 때 헤어진 남편을 재혼도 하지 않고 줄 곳 기다리며 보고 싶어 하셨던 것이다.

또 아버지를 만났을 때 자신이 혼자 어떻게 아이들을 키우고 고생했는지를 말하고 싶으셨던 것이다.

"살아 있으면 한번만 더 아버지와 아들의 손을 잡고 얼굴을 보는 것이 나의 마지막 소원" 이라는 어머니의 유언에 정말 남북 이산가족들의 아픔

성천강의 만세교 다리. 평양의 옥류교와 함께 동생 명세가 새로 만든 다리이다.

186

신흥산 호텔 앞에서 명세 아들과 함께. 점퍼도 내가 준 것이다.

을 다시 절실히 느끼지 않을 수 없었다.

유언 3,4,5번에서는 어려운 형편의 동생과 조카들을 좀 도와주라는 부탁이었다.

이 유언장이 어머니의 진짜 유언이 담긴 내용이라고 믿고 싶다. 그러나 유언 속에는 가족들과 조카들까지 도와 달라는 내용은 좀 의아한 생각도 들었다.

그들과 이야기 하면서 확인 할 수 있는 것이 있었다. 그동안 내가 중국을 통해 가족들에게 돈을 보냈는데 1,000불을 보내면 불과 1/10 인 100불밖에 받지 못했다고 말했다. 어떤 친척들은 아예 받지도 못했다고 했다.

가족들은 북한에서 돈을 보내달라고 하는 편지들도 믿지 말라고 했다. 중간 브로커들이 돈을 거의 다 갈취한다고 했다.

미국에서도 나는 함흥에 국수공장을 지어 주민들을 돕는다는 등 북한을 위한다는 사람들에게 후원을 해주었다. 그러나 막상 가보니 함흥 국수공장이라는 말도 들어본 적 없다고 했다.

4차 북한 방문에서 진짜 북한 실상을 더 알 수 있었다. 함흥 어머니 산소에 가는 길에 장마당을 지났다. 말로만 듣던 거지 어린이들인 꽃제비들이 시장을 돌아다녔고 길에서 판때기 위에다 까치담배를 팔고 있었다.

함흥에서 평양으로 돌아가는 길에 본 함흥. 어두운 도시에 전깃줄이 무질서 하게 걸려있다.

까치 담배란 6.25 전쟁 피난 시절에 엿장사처럼 목에다 판때기를 걸고 담배를 갑째 파는 것이 아니라 한 개비로 나눠 파는 것인데 북한에서는 그때까지도 이 같은 가치담배를 팔고 있었다.

시장에는 파는 물건도 거의 없었고 파는 것도 중국제품이 거의였다. 과거 한국의 아주 어려웠던 시절 시장터보다도 북한 시장은 더 열악했다.

산소에 가는 길에 동생 집이 있어 잠시 들리자고 했는데도 안내원은 전혀 가지 못하게 했다. 철저히 일반 주민들의 생활상은 보여주지 않으려 했다.

미국 교포로서도 드물게 북한을 4차례나 다녀왔지만 아직도 고향이 있고 어머니 산소가 있으며 친지가 살아 있을 북한에 언제나 다시 가고 싶은 마음이다.

예전처럼 어머니를 만나고 싶은 간절한 목적은 없지만 지구촌으로 인해 전 세계 어느 곳이라도 여행할 수 있는 지금이기에 여행 목적이라도 북한을 다시 가보고 싶다. 북한이 얼마나 발전했을까? 주민들의 삶이 얼마나 나아졌을까 알아보고 싶다.

10여 년 동안 네 차례 가보았던 북한은 정말 폐쇄적이고 자유가 없었지만 그래도 내가 만나본 안내원들이나 책임자들은 일부를 제외하고는 나를 도와주려고 애쓴 순진하고 친절한 사람들이어서 감사하고 잊지 못하고 있다.

제 5 부

삶의 기쁨 과 슬픔

PART 33

큰 후유증의 교통사고

2000년에 3번째 북한을 다녀온 후 다시 밀린 비즈니스 일로 바빴다. 어느 날 밸라드 호텔에서 매니저를 만나 일을 처리하고 다시 오로라 모텔 비즈니스로 가기 위해 운전해 65가 사거리를 지나고 있었다.

파란 불에 내가 지나가는데 갑자기 왼쪽에서 승용차 한 대가 과속으로 오는 것이 보였다. 급정거 할 사이도 없이 그 차가 내 차 왼쪽을 강하게 받아 타이어가 펑크 나고 차가 찌그러졌다.

충돌로 인해 정신을 잃었는지 마치 깊은 물속에 빠져드는 느낌이었다. 부산에 살 때 바다에서 수영을 자주했다. 그런데 어느 날인가 수영을 하면서 물이 얼마나 깊은 지 알기위해 밑으로 내려갔다가 그만 미역 같은 해초에 발이 감겨 빠져나오려고 고생한 적이 있었다.

교통사고 때도 마치 수영하다가 물에 빠진 것처럼 자꾸 밑으로 내려가는 느낌이었다. 다행히 이번에는 해초에 걸리지 않았고 위로 물 끝이 보였다. 살았다는 생각으로 마구 헤엄쳐 물위에 올라왔고 깨어보니 바다가 아니라 운전대를 잡고 있었다. 사고 후 혼수상태였다.

다행히 안전벨트를 하고 있어 안전한 것 같았다. 충돌로 기울어진 차 문을 열고나오니 주위에 아무도 없었다. 차를 치고 뺑소니 한 운전자를 잡아야 한다는 생각에 살펴보니 사거리 지나 한쪽에 두 대의 차가 서 있었다. 마침 한 사람이 사고 낸 운전자가 저기 있다고 한 차를 손짓으로 가리켜 주었다.

그 차에 다가가니 운전자가 보이지 않아 빈차인 것 같았다. 가까이 가서 차 안을 들여다보니 20대로 보이는 젊은 남자가 들어 누워 숨어 있었다. 차 문을 두드려 나오게 하고 신원을 확인하기 위해 운전면허증과 보험증을 봤는데 보험증이 달라서 차 열쇠와 운전면허증을 뺏었다. 또 매니저에게 전화해 경찰에 신고해 달라고 부탁했다.

범인을 잡았다는 생각에 차로 들어가 안전벨트를 하고 앉았는데 또 정신을 잃었다. 잠시 후 매니저가 창문을 두드리는 소리가 들렸고 소방차와 경찰의 모습도 보였다.

사고 후 밸라드에 있는 병원으로 후송되어 3일 후 깨어났고 일주일 입원했다가 퇴원했다. 큰 외상이 없어 안심하고 퇴원했다. 그러나 어느 날 집에서 아내와 딸이 있는 가운데 TV를 보는데 갑자기 TV 소리가 안 들리고 아내와 딸의 이야기도 들리지 않았다.

말도 나오지 않고 몸도 움직이지 않았다. 큰 딸이 이런 나의 모습을 보고 놀라 911에 신고해 시애틀 하버뷰 병원에 입원했다.

진단해 보니 교통사고 뇌진탕으로 뇌에 이상이 생겼고 그로인해 영어는 커녕 한국말도 읽거나 말도 하지 못하는 2,3살 아이 수준의 발달 장애가 생겼다.

밸라드 병원에 있었을 때 신호범 박사가 처음으로 문병을 왔고 엄도승 박사 부부도 설렁탕을 끓여 가지고 왔다. 엄도승 박사는 이 때 인연을 맺어 사돈이 되었다.

하버뷰 병원에서 3개월 정도 입원하고 퇴원한 후에도 3년간을 외래환자로 치료 받았다. 그 후에도 개인 병원에서 치료 받는 등 모두 7년간이나 병원에 다니면서 말하는 것과 읽고 쓰는 능력을 연습해 겨우 70-80% 회복되었다.

그러나 하버뷰 병원에 입원해 있던 3개월은 전혀 기억이 나지 않을 정도로 당시의 기억력이 모두 사라져 버렸다.

사고 3년 후 쯤 아내와 함께 집근처 그린 레이크 호수를 걷다가 벤치에 앉았다. 마침 한 한인 여성이 우리를 보더니 반가운 인사를 했다. 누군지 전혀 기억이 나지 않았다. 아내는 하버뷰 병원에서 통역을 해주던 여성이었다고 말했으나 도저히 기억이 나지 않았을 정도로 당시 내 기억력은 정상이 아니었다.

사고 후 3년 정도는 한인사회에 나오지도 못했다. 3차 방문 때 어머니에게 2년 후 돌아오겠다고 했으나 교통사고 후유증으로 2년, 4년에도 못가고 7년 후에야 4번째 북한을 방문할 수 있었다.

그러나 어머니가 2년 전에 돌아가셨다는 소식을 듣고 나는 통곡하지 않을 수 없었다. 반신불수의 허약한 몸으로도 큰 아들을 다시 만날 수 있다는 기대로 약속한 2년을 기다렸고 또다시 2년을 기다렸으나 오지 않은 큰 아들을 애타게 기다리다가 돌아가셨다는 생각에 마음이 너무 아팠다.

교통사고만 아니었다면 어머니가 돌아가시기 전에 다시 만날 수 있었는데 너무 아쉬운 마음뿐이다.

PART 34

심장마비에서의 기적

65세가 넘으니 심장이 약하다고 해서 심장 약을 먹기 시작했다. 2011년에 샌프란시스코 작은 딸에게 가서 함께 있었는데 2주 동안 바빠서 약을 제 때 먹지 않았다.

시애틀 집에 돌아오니 약이 많이 남은 것을 보고 그때야 약을 매일 먹지 않은 것을 알았다. 다시 약을 먹기 시작한 후 다음날 토요일에 축구 동우회원들과 함께 고교 운동장에서 축구를 했다. 그때가 10월 말 쯤 이었다.

운동할 때는 괜찮았으나 운동 후 옷을 갈아입으려니 가슴이 답답했다. 같이 운동을 한 후 옆에서 옷을 갈아입던 의사인 엄도승 박사가 내가 가지고 있는 비상약을 혀 밑에 넣으라며 5분 후쯤에 괜찮을 것이라고 말했다. 자기 부인도 그렇게 했더니 효과가 있었다고 했다.

즉시 위급 시 사용할 수 있는 비상 약을 혀 밑에 넣었다. 3,4분이 지나니 좀 나아진 것 같았다. 내가 안정 된 기미를 보이자 엄박사도 옷을 갈아입고 떠났다.

안심하고 옷을 입는데 또 증상이 생겨 두 번째 약을 혀 밑에 넣었다. 그래도 나아지지 않아 불안한 생각이 들어 엄도승 의사에게 전화를 했으나 운전 중인지 받지를 않았다.

증상이 계속되자 3번째 약을 혀 밑에 넣고 딸에게 전화를 했으나 바쁜지 받지 않았다. 계속 전화를 했는데 나중에 배터리가 죽었는지 불통이되었다. 같이 운동했던 회원들도 모두 떠나 주위엔 아무도 없었다.

순간적으로 서울에서 공부할 때 결핵에 걸려 부산 절에 가서 요양할 때

참선을 하는 방법인 호흡조절 복식 호흡이 생각났다.

복식 호흡을 했으나 더 좋아지지 않았다. 그때 갑자기 내 차 옆으로 두 대의 차가 주차하더니 미국 사람들의 소리가 들렸다.

살아야겠다는 생각으로 "Help"를 외쳤으나 몸이 움직이지 않고 소리도 낼 수 없었다. 그래서 윗도리는 유니폼 상태로 정신을 집중해 차 밖으로 떨어졌다. 미국인 3명이 깜짝 놀라 다가왔고 나는 심장병 환자라며 911에 신고해 줄 것을 부탁했다.

이들은 나를 안아서 차 안에 앉히고 911에 신고할 것이니 안심하라고 말했다. 그들이 나에게 심호흡을 시키는 가운데 한명은 내 셀폰을 만져서 작동이 된다고 알려주었다.

도착한 앰뷸런스는 시애틀 다운타운의 하버뷰 병원으로 가려했다. 그러나 내 주치의가 있고 가까운 노스웨스트 병원으로 가달라고 요청했다.

병원 응급실에 도착하니 의사와 간호사들이 이미 다 준비하고 대기하고 있었다. 먼저 심장 전기 충격 시술을 시도했다. 다리미처럼 커다란 쇳덩어리가 가슴에 충격을 주어 아픔보다는 무서운 생각이 들어 의사에게 마취 주사를 해달라고 말하기도 했다.

의사는 걱정하지 말라며 계속해 가슴에 전기 충격을 주었다. 그리고 정신을 잃었다. 나중에 깨어보니 살아 있었고 아내와 딸들이 연락을 받고 달려와 있었다.

병원에서 4개의 스텐트를 넣는 수술을 받고 다행히 정상으로 돌아와 퇴원했다. 의사들은 심장마비가 왔다며 멀리 있는 시애틀 다운타운 하버뷰 병원으로 갔으면 죽었는데 가까운 노스웨스트 병원으로 와서 살았다고 말했다.

4개월 동안 심장병 환자 재활 트레이닝을 받은 후 간호사는 이제 걱정하지 않아도 된다며 기록을 보여주는데 '5 X + 2' 라고 적혀 있었다.

무슨 뜻인가 물으니 심장 전기 충격은 원래 5번 하는 것인데 소생하지 않아 2번을 더했다고 말했다. 특히 "7번을 하고도 깨어나지 않으면 포기하는 것이나 기적적으로 살아났다"고 설명했다. 정말 기적적으로 심장마비에서 살아 난 것이다.

그러나 지난 2021년 9월에 또 사건이 있었다. 그날도 건강하게 친구와 함께 린우드 식당에서 식사를 기다리고 있었다. 갑자기 딸로부터 전화가 왔다. 아빠 어디 있느냐며 지금 스트로크가 왔으니 빨리 친구에게 부탁해 노스웨스트 병원 응급실로 가라고 했다.

한달 전 병원에서 정기 진단을 받을 때 의사는 아직도 심장에 이상이 있다며 일주일 후에 다시 만나기로 하고 실시간으로 심장 이상 여부를 자동 체크해서 병원으로 연락하는 장치를 몸에 붙여주었다.

5일 후쯤에 이 장치가 병원에 스트로크가 왔다고 자동 통지했고 병원에서 긴급히 딸에게 연락한 것이었다.

아무 이상이 없었지만 내 차를 두고 친구 차로 병원 응급실로 갔다. 병원 측에서는 긴급히 모든 조사를 하고 다음날 인공심장 박동기(Pacemaker) 삽입 시술을 했다. 2시간 정도 걸린 수술은 부분 마취여서 의사와 간호사들의 소리도 다 들릴 정도였다.

페이스메이커는 수술을 통해 심장 가까운 곳 피부 아래 이식하는데 전기 자극을 보내 심장이 규칙적으로 수축과 이완을 반복하도록 돕고 있다. 수술 후 의사는 잘되었다며 앞으로 10년은 끄떡없다고 안심시켰다.

페이스메이커가 좋은 점은 24시간 자동적으로 병원에 심장 상태를 연락시켜주어 이상 여부를 바로 알 수 있는 것이다. 특히 공중파로 연결되기 때문에 미리 병원에 통지만 하면 미국 어느 곳이나 전 세계로 여행을 가더라도 안심할 수 있다고 한다.

통계에 따르면 내가 살고 있는 시애틀 지역이 북미주에서 심장발작 환자들의 소생률이 가장 높은 지역인 것으로 나타났다.

워싱턴대학(UW)이 미국과 캐나다를 10개 권역으로 나눠 의료시설 이외 지역에서 심장발작을 일으킨 환자의 소생률을 비교 조사한 결과, 시애틀의 1,170명 환자 중 16.3%가 목숨을 건진 것으로 나타났다. 가장 낮은 비율을 보인 지역은 앨라바마로 소생률이 고작 3%였으며 포틀랜드는 10.6%로 전체 3위에 랭크됐다.

시애틀에 살고 있고 첨단 의술이 발달 된 덕분에 아직도 건강한 생활을 하고 있어 감사하다.

PART 35

자랑스러운 두 딸들

　나에게는 딸만 둘이 있다. 두 딸들에게는 먼저 고마운 생각이 든다. 73년 미국으로 피신하다시피 왔을 때 큰 딸 곽도은(Doni Kwak)은 6살, 둘째 곽재은(Jenny Kwak)은 불과 3살이었다.

　우리들도 초기 이민생활에서 언어문제와 문화 차이, 그리고 모든 것을 새로 시작해야 하는 어려움을 겪었지만 생각해보면 두 딸들은 친구도 없고 영어도 전혀 할 줄 모르는 미국 땅에 영문도 모르고 부모를 따라왔다.

　한인들이 매우 적었던 70년대 초 처음 시애틀 생활에서 아파트에 살 때 아이들이 우리 아파트를 잘 몰라 옆집 문을 몇 번 두드리다가 불평을 받고 이사를 가기도 했지만 학교에서도 언어문제와 친구, 보이지 않는 인종차별 등으로 우리 부모가 모르는 많은 어려움을 겪었으리라 믿는다.

　특히 교육학을 전공한 나이지만 미국생활에서 자녀들에게 ·영어로 숙제조차 도와주기 어려워 큰 도움을 줄 수 없었는데 스스로 잘 해서 고맙게 생각한다.

초등학교 2학년 때 어린 둘째 딸이 도서관에서 공부하고 있다.

미국에서 처음 마련한 집에서 아내가 두 딸들과 함께 하고 있다.

한번은 메그놀리아에 살 때인데 둘째 제니(Jenny, 재은)가 초등학교에 입학하고 3개월쯤 지나 교장선생님이 학부형 면회 요청이 있어 찾아갔다. 교장선생님은 개교 이래 아시아 3국인 한국, 중국, 일본 학생이 한반에서 공부하게 되어 흥미가 있어 비교 연구하고 싶다고 한다.

그러면서 나의 가정사를 묻고 미국에 온 동기와 부모의 한국에서의 경력을 묻는다. 나는 한국에서 대학 강사를 하고 재은이 엄마는 대학에서 약학을 전공하고 약국을 경영했다고 대답했다. 교장선생님은 그럼 미국에서는 현재 어떤 직업을 갖고 있느냐고 묻는다. 나는 지금 워싱턴주 특수교육공무원으로 근무하고 있고 아내는 간호보조원으로 파트타임으로 일하다 메그놀리아 드라바스(Dravas) 스트리트와 21가 코너에 있는 드라바스 마켓을 운영하고 있다고 했다.

교장선생님은 우리가 미국에 와서 5년도 안되었는데 안정된 직장에 안정된 사업을 하면서 자기가 만난 아시안 중에 가장 빠르게 정착한 것 같다고 말했다.

그래서 실례지만 일본학생과 중국학생의 부모는 어떤 분이냐고 물으니 일본 학생은 메그놀리아 일본 영사관저가 있는 일본 영사의 아들이고 중국 학생은 할아버지 때부터 3대로 시애틀에 사는 가정이라며 할아버지는 지금 차이나타운에서 식당을 하고 학생 아버지는 시애틀시 공무원이라고 했다. 그래서 비교 연구 대상에 좋은 사례가 된 것 같다고 말하기에 인사하고 나왔다.

두 딸들은 미국생활에서 어려움들을 스스로 이겨내고 이젠 훌륭한 전문인으로 성장해 정말 자랑스럽다. 큰 딸 도은은 쇼어우드 고교를 졸업하고 UW에서 아동 심리학을 전공한 후 University of Denver에서 심리학 박사(Ph.D.)Clinical Child Psychology를 취득했다.

졸업 후 병원 매니저, 대학 강사들을 역임했으며 현재는 시애틀과 에드몬즈에서 Licensed Psychologist로 개인 크리닉을 운영하고 있다.

큰딸은 고교에 다닐 때도 학교 신문 편집자로 활동했고 사교성이 좋아 친구들이 많았다. 고교 3,4학년 때부터 외국 교환 학생 프로그램의 회장

큰 딸이 박사학위 받는 날 가족이 모두 축하하고 있다.

을 맡아 자신처럼 미국생활에서 어려운 외국 학생들을 적극 도와주었다. 주말이면 우리 집으로 외국 학생들을 자주 데려와 함께 밤을 지내기도 했다.

펜데믹 때 둘째 딸과 함께

큰 딸은 부모의 어려움을 헤아려 등록금이 훨씬 비싼 아이비리그 대학 보다 미국 3대 아동 심리학과가 있는 UW로 일찌감치 정하고 진학을 준비해 부모의 등록금 걱정을 덜어주었다.

공부도 잘해 덴버 대학원에 풀 장학금을 받고 박사학위를 받았으며 이젠 벌써 50대가 되어 한국인 남편 Dan (엄대용) 사이에 17살이 된 아들 하나 Marcus(엄재승)가 있다.

둘째 딸 재은은 스미스 칼리지를 가려고 했으나 경제 사정을 이해하고 정치 외교학과로 유명한 UW 대학의 잭슨 스쿨로 정하고 국제학을 전공했으며 San Francisco State University에서 Social Work 석사를 받았다.

같은 대학에서 강사를 역임한 후 현재 캘리포니아 스탠포드에 있는 Stanford Health Care 병원에서 임상 소시얼 워커로 일하며 Radiation Oncology Behavioral Health Clinician 으로 암병동을 책임지고 있다.

두 딸들이 스스로 잘 자라서 감사하지만 딸들에게 교육방침으로 강조한 것이 있었다. 남들과는 반대로 절대 1등은 하지 말라는 것이었다.

나는 학교에 다닐 때나 대학 강의를 할 때에도 1,2등을 하는 공부 잘하는 학생들은 아집만 있어 자기중심적이고 다른 사람들은 생각하지 않아 주위에 친구가 없이 외로운 것을 많이 보았다. 그래서 절대 1등은 하지 말고 친구를 사귀면서 5-7등 정도로만 하라고 강조했다.

아버지의 교육 방침을 딸들이 잘 들었는지 딸들은 좋은 성적으로 장학금을 받아 학교를 다니고 우등생으로 졸업해 부모의 부담을 덜어줘 감사하다.

두 딸이 이젠 모두 집을 떠났지만 그동안 두 딸과는 항상 연락하고 자주 만나 즐거운 시간을 가졌다. 아들보다 딸이 더 좋다는 말을 실감한다. 온 가족이 모이는 미국 추석인 추수감사절에는 두 딸들과 10년 이상 멕시코 라스카보스에서 만나 즐거운 시간을 보내고 있다.

지난 3월로 내가 만 82세가 되었을 때 캘리포니아에 있는 둘째 딸은 나를 초청해 바쁜 병원 근무도 휴가내고 전에 가보지 않았던 산타바바라, LA, 산타모니카 등 여러 명소들을 5박6일로 구경시켜주었다.

캘리포니아는 아내 생전에 함께 여러 번 갔던 곳이라 많은 곳을 다녀왔었고 그곳에 친구들도 있어 자주 갔던 곳이었다.

이번에 둘째 딸은 혼자 있어 외로운 아버지 생신을 축하해 준다며 캘리포니아에 오면 다른 친구들을 만나지도 말고 오직 자기와 함께 지낼 것을 요구해 우리는 정말 즐겁고 행복한 시간을 보냈다. 특히 나에겐 아내와 생전에 같이 갔던 곳에서 다시 한 번 아름다운 추억을 되새길 수 있는 귀한 시간이 되었다.

두 딸들이 모두 어릴 적부터 어려운 학교생활을 스스로 이겨내 공부도 잘 하고 경제사정도 이해하여 UW로 진학해 부모의 걱정을 덜어준 것을 지금도 고맙게 생각한다.

특히 이제 미주류사회에서 전문인으로 활동하고 있을 뿐만 아니라 아버지를 잘 섬기는 두 효녀가 된 것이 정말 감사하고 자랑스럽다. 그동안 나의 표현은 적었지만 아버지로서 사랑하는 마음을 다시 보낸다.

PART 36

사랑하는 아내

지금은 하늘나라에 있지만 부족한 나와 53년을 살면서 나와 가족들을 지극 정성으로 사랑해준 아내에게 감사한 마음뿐이다. 삶속에서 여러 어려움도 있었지만 그때마다 항상 도와주고 격려해준 아내에게 빚을 많이 졌다고 생각한다.

그 빚도 다 갚지 못했는데 먼저 떠난 아내가 무척 그립고 미안한 마음이다. 그래서 아내 생각만 하면 눈물이 먼저 나온다.

아내는 큰 딸에게 여고 3학년 때 아빠를 만났고 약대를 간 것도 나를 위해서였다고 말했다고 한다. 그러나 나는 여고 3학년 때의 그녀를 전혀 기억하지 못했고 나를 위해 약대를 갔다는 것은 생각할 수 없는 일이었다.

나중에 알고 보니 내가 종로 2가 EMI 학원에 다닐 때 그녀가 나를 본 것이었다. 나는 장학생에 합격한 후 파트타임으로 일하면서 수강생 학생들을 확인 했었다. 그때 여고 3학년인 그녀가 친구들과 같이 학원에 다니면서 나를 기억한 것이었다.

또 친구 소개로 어느 회사 사장님 집에서 가정교사를 할 때 그 부인의 여동생이 바로 아내였다. 그 사장님 집안에 좋은 이모가 있다는 것은 알았지만 공부도 하고 군대도 가야했기 때문에 여자와 데이트 할 여유조차 없었는데 나를 잊지 않고 짝사랑을 한 모양이다.

군대에 갔다 온 후 몇 번 만나기는 했지만 연인으로는 생각조차 하지 못했다. 제대 한 후에는 만나지도 않았다. 그런데 병원에서 파트타임으로 일하면서 대학 공부하던 마지막 학기 때 그녀가 일부러 병원으로 찾아왔다.

그 때야 그녀의 마음을 알게 되어 사귀게 되었고 연인에서 결혼을 약속하는 사이가 되었다. 1년 반 정도 가정교사를 했던 사장님인 그녀의 큰 형부는 나를 잘 알기 때문에 찬성을 했다. 그러나 당시 서울대 조교수였던 둘째 형부는 내가 서울대가 아닌 중앙대 출신이라 무시하고 반대를 했다.

플로리다 나사 우주센터 앞에서

일부 반대도 있었지만 우리는 서로 사랑하는 마음으로 1966년 9월5일 당시 일하던 신문사 사장님이 모든 결혼 비용을 대준 가운데 조선 호텔 예식장에서 결혼식을 올리고 부산 해운대로 신혼여행을 떠났다.

연애를 할 때도 그랬지만 결혼 후에도 이상적인 아내였다. 평소 말이 없고 조용한 성격에 불평을 하거나 내색도 하지 않고 항상 미소로 화답했다.

경제적으로나 어떤 어려운 환경에서도 화를 내거나 불평하지 않고 위로하고 격려해 주었다. 부부 싸움을 한 기억도 없고 나와 아이들에게 큰 소리를 친 적도 없어 가정교육에도 큰 도움이 되었다.

딸들이 다니는 UW 기숙사 앞에서

임상 심리학 전공자인 큰 딸과 임상 소셜워커인 둘째 딸도 이런 가정에서 자랐기

아내와 함께 북미 최고봉 알라스카 디날리 산과 빙하지역을 경비행기로 돌아봤다.

때문에 원래 부부 사이와 가정은 이런 줄 알았으나 공부를 하면서 많은 문제가 있는 부부들과 가정들이 있다는 것을 알게 되었다고 감사할 정도였다.

현모양처이다 보니 나도 가정에서 남자라고 큰 소리를 치거나 성질을 내지 않았으며 남편의 권위의식 조차 가질 필요 없이 서로 사랑했다.

행복한 우리 가정에도 큰 아픔이 찾아왔다. 한국에서는 약사로서 약국을 운영하고 미국에 와선 양로원에서 보조 간호사로 근무할 정도로 건강했던 그녀가 70세였을 때부터 알츠하이머 증상을 나타내기 시작했다. 그리고 아내는 만 9년간 알츠하이머를 앓다가 세상을 떠났다.

처음에는 자동차 열쇠를 차에 두고 문을 잠그거나 스토브에 냄비 불을 켜 놓고 끄는 것을 잊어버리는 경우가 늘어났다. 냄비가 시커멓게 타서 버리는 경우가 여러 차례 있었다.

병원에 가서 진단을 받는데 두 곳에서나 나이가 들어 생기는 건망증 증세이고 노인들에게는 보편적이라고 말했다. 그때만 해도 아내는 사람을 알아보고 대화가 통하며 걷는데도 지장이 없고 가까운 곳은 운전도 할 정도로 정상생활에 지장이 없었다. 안심하고 그냥 건망증에 좋은 약만 복용했다.

그러나 6개월 후쯤 LA에 살다가 집에 돌아온 큰 딸 Doni가 어머니의 증세가 노년의 건망증과는 다르다며 자세히 관찰해 보라고 증상 체크 15가지를 알려주었다.

당시 큰딸은 대학원에서 박사학위를 받은 후 세인트존스 병원에서 수련을 받고 LA 산타모니카에 살며 LA 근교 카운티의 크리닉 책임자로 몇 년을 근무 중이었다.

그러나 시아버지인 엄박사가 맏아들인 Dan에게 시애틀에 와서 살라고 하여 시애틀에 Dan이 먼저 왔다. 그리고 큰 딸은 시애틀에는 그런 대우를 해주는 좋은 직장이 없고 집도 팔고 정리를 하느라고 6개월 후 부모가 있는 우리 집에 같이 살게 되었다.

우리 집에서 1년 반동안 같이 살면서 첫 아들 마커스(Marcus, 재승)를 볼 수 있었다.

이때만 해도 아내는 그냥 건망증이 있는 것이라고 우려하지 않았다. 그러나 큰 딸이 요청한 리스트로 아내의 여러 행동을 확인해 보니 확실히 이상한 경우가 많았다. 설거지의 경우 그릇을 씻어놓고도 자기도 모르게 안 했다고 생각해 또 씻고 또 씻는 일이 많았다.

큰 딸도 이상을 느끼고 스탠포드 병원에 있던 둘째 딸에게 연락을 했다. 이 병원에는 알츠하이머 병에 권위가 있는 유명한 Longer 의사가 있었다. 그와 약속을 하는 데만 3개월이 걸렸고 진단결과 알츠하이머로 판단되었다.

둘째 딸과 함께 의사를 만났는데 의사는 아내가 없을 때 나에게만 증상은 벌써 6개월이 되었고 치료하지 않을 경우 2년 반 밖에 살 수 없으며 약을 먹을 경우는 3,4년은 보장한다고 말했다.

그러면서 새로 나온 약이 매우 비싼데 살 수 있는지 물었고 또 약이 아내의 체질에 맞는지 조사해야 한다고 말했다. 정말 믿을 수 없는 청천벽력 같은 의사의 말에 놀라고 걱정하지 않을 수 없었다.

다행히 아내의 체질에 약이 맞아 복용했는데 보험으로 약이 커버가 되지 않아 한 달반 동안 아침, 저녁으로 먹는 약값이 1,750불 정도로 비쌌다.

이 약은 5년 지나니 제네릭 복제약이 나와 불과 150불 정도로 낮아졌고

아내가 탄 휠체어를 밀고 샌프란시스코 금문교 공원을 산책하고 있다.

지금은 100불 이하까지 내려갔다.

아내는 약을 먹으니 효과가 있어 상태가 조금 좋아졌다. 의사도 생존 기간이 처음 3,4년에서 5년으로 더 연장될 수 있다고 말했다.

엄마의 알츠하이머 디멘시아 증상을 정확히 판단하여 엄마를 5년 더 살 수 있게 한 것은 큰딸과 둘째 딸의 좋은 코디네이션으로 생각하고 고맙게 여긴다.

5년이 지나니 상태가 더 심해져 기억이 깜빡깜빡하고 말도 잘 못하고 음식은 혼자 먹을 수 있었으나 아이처럼 흘리며 먹었다. 걷는 것조차 더 어려워졌다. 처음에는 손을 잡고 걸었으나 나중에는 아예

휠체어를 탄 아내로 인해 다른 가족들이 불편했음에도 불구하고 이해하고 함께 크루즈 여행해준 시애틀 한인 가족들. 왼쪽부터 강희열, 김인배, 곽종세 부부

휠체어에 앉혀 밀고 다녀야 했다.

어디를 갈 때면 화장실이 문제였다. 아내가 화장실을 혼자 사용할 수 없어 처음에는 남자 화장실에 양해를 구하고 같이 들어갔다. 그러나 여자 화장실을 이용하는 경우가 많았는데 많은 사람들이 이해를 해주고 먼저

보내주기도 한다. 그런데 어느 날 나이 많은 백인이 간병인 허가증이 있어야 한다고 까다롭게 굴었다.

간병인 허가증(Caregiver Permit)을 받기위해 카운티에서 3개월간 교육을 받았다. 이 교육에서는 환자가 갑자기 쓰러졌을 때의 대처 방법부터 목욕시키는 방법, 위험하지 않은 욕조와 화장실 개조까지 배웠다. 그래서 집의 욕조와 화장실 구조도 넘어지지 않도록 변경했다.

아내가 아프기 시작했을 때

간병인 허가증은 화장실 이용에 매우 편리했다. 남자 화장실과 여자 화장실 경우 허가증 색깔이 달랐다. 허가증을 보여주면 화장실을 기다리는 긴 줄이 있어도 앞에 있던 사람들을 중단시키고 제일 먼저 들여보낼 뿐만 아니라 끝날 때까지 다른 사람들은 들어가지 못하게 해 더 좋았다.

함께 할 수 있는 시간이 얼마 남지 않은 아내를 위해 온갖 정성으로 간호를 해주려고 노력했고 조금이라도 인지능력이 남아 있는 동안 아름다운 세상을 보여주고 행복한 추억을 만들기 위해 적극적으로 여행을 하는 등 함께 시간을 보냈다.

나는 원래 한국에서 지리 교사와 역사 교사 자격증도 있어 여행을 좋아하기 때문에 미국에서도 50개주 중 40개 주를 여행 다녔고 유럽과 아시아, 호주 등 많은 국가들을 아내와 함께 다녔다. 사업에 바빴을 때는 아내만 여자 친구들과 함께 이집트, 터키, 레바논, 그리스에도 다녀오게 했다.

투병 기간에 혹시 기억을 되살릴 수 있을까 하는 희망을 가지고 전에 갔었던 유럽에 다시 가보기도 했다. 아내는 휠체어를 타고 다닌 유럽 여러 지역을 기억하지 못했지만 놀랍게도 로마의 베드로 성당과 '로마의 휴일' 영화에 나왔던 진실의 입(La Bocca della Verità) 얼굴 조각에서는 입에 손을 넣었던 것을 기억했다.

강희열 전 시애틀 한인회장이 연락을 해와 우리 부부와 김인배 장로 등 한인 4가족이 함께 크루즈와 항공 여행으로 덴마크, 핀란드, 러시아, 스웨덴, 에스토니아 등 북유럽과 뉴질랜드, 피지, 호주에도 여행했다.

휠체어를 탄 아내로 인해 다른 가족들이 불편했음에도 불구하고 이해하고 함께 여행해준 분들에게 지금도 감사한다.

평소 시애틀에 있을 때도 아내를 집 안에만 두지 않고 가까운 그린레이크 호수를 산책했고 한인사회 행사가 있으면 언제나 휠체어를 밀고 참석하고 나들이를 하며 친구들과 만나 식사도 했다.

아내가 식사를 할 때면 음식을 흘리거나 혼자 먹지도 못했지만 그런 모습을 부끄럽게 생각하지 않고 친구들과 식사할 때도 아내의 입에 밥을 넣어 주었다.

언젠가는 매년 음악인 동우회가 주최하는 음악인의 밤 행사에도 휠체어를 밀고 참석했다. 이날 시애틀 베냐로야 홀에서 열린 음악의 밤에서는 나를 40년 후원 특별 회원이라고 소개하고 특별회원증을 주기도 했다.

음악인 동우회는 40년 전에 김무웅 단장이 페더럴웨이에서 합창단으로 창단했는데 나도 어릴 적 함흥 어린이 합창단원이어서 합창단원이 되었다. 그러나 나중에는 후원만 하고 40년 동안 거의 빠지지 않고 음악회 공연에 참석했다.

나의 간호에도 불구하고 8년이 지나니 아내의 병세는 더 악화 되었다. 할 수 없이 에드몬즈 양로원에서 간호를 받게 했다. 한 달 경비가 8,000불일 정도로 비싼 곳이었으나 돈이 문제가 아니라 24시간 의사와 간호사들이 아내를 간호하고 식사까지 제공하기 때문에 좋았다.

그러나 양로원만을 믿을 수 없어 매일 양로원에 출근해 아내를 돌봤다.

그해 추수감사절 이틀 전 양로원에서 환자들을 위한 파티가 열려 참석해 아내와 함께 시간을 보냈다. 그런데 이틀 후 양로원에서 긴급 전화가 왔다. 큰일이 났다며 아내가 넘어졌으니 빨리 오라는 것이었다.

달려가 보니 휴게실에서 넘어져 입술이 터지고 상처가 나 피가 흘렀다. 그 날 휴게실에 2명의 환자가 TV를 보고 있었는데 이들을 돌봐야 할 양로원 직원이 바로 옆에 있지 않고 밖의 카운터에서만 보고 있는 등 소홀히 한 것이었다.

양로원의 처사에 매우 화가 났지만 아내가 양로원에서 넘어진 것은 벌써 7번째여서 마음이 너무 아팠다. 다음날 성당 신부님이 오셔서 기도를 해주셨는데 임종을 준비해야 한다고 걱정하셨다.

아내의 마지막을 양로원에서 보낼 수 없다고 생각

장례식에서 조객들의 위로를 받고 있다.

하고 바로 집으로 데려왔다. 아내는 집에서 3개월 동안 추수감사절, 크리스마스와 새해를 보내고 2019년 1월30일 새벽 2시 80세로 편안하게 하늘나라로 먼저 떠났다.

떠나기 전까지 아내의 몸을 더운 물로 씻겨주고 평상처럼 이야기도 했다. 아내는 말을 하지 못하지만 다 알아들었다는 듯 몸으로 반응을 해줬다.

치매 환자나 임종 직전 환자들도 말은 못하지만 귀가 밝아 다 듣는다는 말이 사실임을 믿는다. 그래서 그런 상황에서도 환자들에게 불평하지 않고 고맙다는 말을 하고 천국의 소망을 심어줘야 한다고 생각한다.

장례미사는 2월1일 오전 10시 성 김대건 한인천주교회에서 하관미사는 오전 11시 에버그린 와셀리 공원묘지에서 거행되었다. 교인들은 물론 한인사회 여러 인사 등 200여명이 참석해 감사했다. 성당에서는 참석할 한인 인사들이 많아 교인들의 참석을 제한 할 정도였다.

아내의 묘지 앞에서

당초 장례미사는 토요일 할 예정이었으나 운구차 문제로 금요일로 앞당겨졌다. 신문에 변경 부고 광고가 나갔으나 잘못 알고 다음날 온 한인 인사들도 10가족이나 되어 미안했다.

그러나 토요일 저녁 시애틀에 많은 눈이 내려 다음날 교통이 마비되었고 특히 본격적인 코로나 바이러스 펜데믹으로 인해 아예 장례식의 경우 가족 5명으로만 제한되었다. 정말 펜데믹과 폭설 직전에 아내의 장례식이 성대하게 치러진 것 너무 감사하다.

때로는 아내의 발병이 내 탓이 아닌가도 생각한다. 한국과 이민생활에서 겪었던 여러 고난들과 나를 거의 죽음으로 몰아넣었던 심장마비 등으로 속으로만 참고 살아온 아내가 너무 많은 스트레스를 받았지 않았는가 하는 죄책감마저 든다.

아내가 세상을 떠난 후 지금 3년이 넘었지만 재혼은 생각하지 않고 있다. 아버지가 새 엄마를 얻은 후 내가 상처를 받고 가출했을 정도로 가정에 새엄마가 들어올 경우 자녀들에게 상처를 줄 수 있다는 생각이다.

비록 사랑하는 아내가 곁에 없지만 지금도 당장 어디서 내 곁으로 올 것처럼 생각이 든다. 주일이면 아침 8시 성당 미사에 갔다가 9시에 끝나면 근처 아내의 묘지에 들려 꽃이나 커피와 물을 놓고 예전처럼 대화를 하고 기도를 한다.

또 성당에서 친교용으로 주는 떡을 뿌려준다. 갈 때마다 떡을 뿌려주니

까마귀들도 이 시간이면 기다린다. 한 마리가 큰 나무에 올라 있다가 떡을 뿌리면 깍깍하고 친구를 불러 금방 7,8마리가 날아온다. 아내도 까마귀들로 인해 외롭지 않을 것이라고 생각된다.

화살처럼 세월이 흘러 나이가 들고 사랑하는 사람마저 떠날 경우 인생은 허무하다는 말을 하는 사람들을 많이 본다. 이 말에 절대로 반대한다.

인생은 허무한 것이 아니라 살만한 가치가 있다고 믿는다. 100세 시대에 아내가 80세로 떠나 너무 아쉽지만 그녀도 80 생애에 훌륭한 아내와 어머니로서의 위대함을 보여주었기 때문에 그녀의 인생이나 함께 산 우리 가족들 모두 허무한 것이 아니라 고맙고 가치가 있는 것이다.

인생이 허무하다고 말하는 사람들은 아마도 인생에서 너무 욕심을 부렸기 때문에 다 이루지 못해 허무하다고 말 할 수 있다.

요즘 유행하고 있는 '수목장'에도 반대한다. 친한 친구도 이미 수목장을 유언으로 남겼다고 한다. 수목장은 화장한 재를 나무 밑에 뿌리고 자라나는 나무를 보며 고인을 생각한다고 한다. 그 경우 고인을 아는 사람들만 나무를 보며 기억하고 후손들은 모를 것이다. 더구나 나중에 숲이 무성하면 그 나무가 어디 있는지도 모를 것이다.

미국 세미터리에 가면 묘비에 고인의 이름, 생존 기간부터 사진도 있고 짧은 추모 글도 있는 것을 본다. 우리도 최소한 묘비와 기록을 통해 흔적을 남겨야 후손들이 할아버지와 할머니가 누군가도 알 수 있고 잘 찾아올 수 있을 것으로 믿는다.

이 책을 쓰는 이유도 우리 후손들뿐만 아니라 우리를 도와주고 사랑해준 모든 사람들에게 나와 아내의 고귀한 삶의 흔적을 남기고 싶기 때문이다.

나는 지금도 아내를 만나고 있다. 2달에 한번 정도로 꿈속에서 아내를 만난다. 어제 꿈에도 아내를 만났다. 꿈에서 깨어나면 앞뒤가 생각나지 않아 아쉽지만 너무 기쁘다. 이 글을 쓰며 나는 사랑하는 아내 생각에 여러번 또 눈물을 흘렸다. 사랑하는 마음에서다.

PART 37

어머니를 추모하며: Jenny Kwak

Buffet of Life

We immigrated in 1973 from Seoul, Korea and settled in Seattle, Washington. My parents worked hard like the immigrants who land on American shores do. They came to fulfill the American dream and for them it was to be free of political persecution during the time of Park Chung-Hee's regime.

I was two years old and my sister Doni was five. We did not know why we had to leave Korea and the extended family: aunts, uncles, cousins, and my grandmother who raised us. We only knew it happened fast and my parents had to work hard and make money, so one day we could hope to return.

My mother was pharmacist in Korea and had a few small stores before she had to sell everything and give up her career so we could come to America. The US government accepted pharmacists and nurses as essential workers and they were professions that were deemed permitted.

My father was a professor at a Korean University, and an outspoken one, so we needed to leave quickly as his democratic views clashed with the Korean Dictator.

The life they lived in Seoul was one of success because they had worked hard and accumulated property and savings due to my mother. Since she was

the practical one and her sisters, who were also pharmacists helped her, she thrived and knew the value of money and savings.

They had enough to come to America and quickly buy a house after a year of hard labor. They bought in Wallingford which was an up and coming neighborhood and rented out rooms in their home. The neighborhood happened to have a Royal Fork, all you can eat buffet restaurant a block away from our home.

Royal Fork- The ultimate buffet with the best fried chicken and mashed potatoes. All American food. It was such a bargain for children too. Only cost ten cents per year of age for children, but this didn't correspond to the amount of food in weight.

I was less than four years old when we started going, but my parents knew I could eat as much as an adult. I think it was our one meal on those Sundays we went. We would go at the end of the week as a treat after a long hard week of work and my parents thought it was worth going to relax, eat as much as we could, and celebrate the good life in America.

I still love buffets and take way too much on my plate because you only live once. You should always go to the dessert table and you always survey the whole restaurant since you don't know what's in the corners. You should also go up multiple times for the exercise in between courses. You should always avoid the low value food- carbs and white processed foods and eat the colorful veggies and fruits. Eat all the yummy items and in our family that meant the seafood and meat, because again Life is too short and it passes so quickly. Love the buffet of life.

We also traveled as much as possible and explored all the foods that the world has to offer. My parents wanted us to meet our neighbors and share what we have. I was always encouraged to listen to peoples' stories. My mother said we must care for the homeless because you could become homeless and learn what it truly means to be hungry, as she did after she escaped from North Korea when she was a child during the Korean War.

My mother raised two daughters who are her legacy because we are part of the helping professions. My sister Doni, the Psychologist, and me a Licensed Clinical Social Worker.

Doni is trained to provide therapy for children, couples and families. She is a Child Clinical Psychologist and is Dr. Doni Kwak, who received her PhD from

여름방학 동안 혼자 유럽에 다녀온 동생 Jenny를 언니 Doni가 공항에서 반기고 있다.

University of Denver.

I was trained at San Francisco State University and have a Master's in Social Work. I help on the micro, meso and macro levels and support patients experiencing mental illness and trauma, work with disenfranchised populations, and innovate systems.

What I am most proud of about my parents and what lessons they taught me is the way

Sue Insuk (Theresa) Kwak, was a very private person who was born to Lincoln Im and Theresa Oh in 1939. She was their 8th and last child. Her father was the Treasurer of Pyongyang Province during the latter part of Japanese-occupied Korea. Her history rides the tide of both the devastation and prosperity of 20th century Korea. She lost most of her family and survived the Korean War with two sisters who were immediately older than her, and her mother.

She was a very determined woman who was known to have a single-minded focus. When she met Chong-Sye Kwak, she was in high school and he was a young college student tutoring her nephew. She said she knew she was going to marry him. He did not know her plans and ambition until they got married 7 or so years later. She decided to major in pharmacy to support them because she knew he wanted to be a college professor, "and I knew he wouldn't make much money." She received a scholarship at Sung-Myung Women's University in Seoul to study pharmacy. She saved every penny she earned and studied with the goal of opening her own pharmacy.

After they married, she bought that pharmacy and other properties – all by her early 30's. With two young girls (Doni and Jenny) and a husband, she decided to leave all that behind to help escape the political turmoil of 1970's Korea.

The family moved to Seattle, Washington in 1973 and they worked long immigrant hours together. Even through that, Sue made a point to bask in the sun and take pleasure in late-night dinners to China Gate after the store closed. They ran Dravus Street Grocery in Magnolia when few Koreans owned grocery stores. They then bought apartment buildings and ran a motel (again before many Koreans ran motels).

Sue was passionate about traveling, eating well and her family. Her children, and many of their friends, remember the never-ending plates of fruit and encouragements to eat, and eat more! After Marcus, her only grandson, was born, she devoted her time and energy to caring for him in a similar single-minded focus. She was very proud of him and her face lit up whenever he came into the room. Even after she was diagnosed with Alzheimer's disease, she still continued to grow and love her family deeply.

She is survived by her husband, John Chong-Sye Kwak, daughters Doni Kwak (and Doni's husband Dan Uhm) and Jenny Kwak (and Jenny's partner Joshua Lee), grandson Marcus Uhm, and sisters Im HwaShim and Im TaeYoung.

- Graveside burial ceremony at 11 am following the memorial service. Evergreen-Washelli 11220 Aurora Ave N. Seattle, WA 98133 (near the Lord's Prayer memorial).
- Lunch at the Blue Fin Restaurant (Northgate Mall) following Evergreen-Washelli

딸이 만든 장례식 추모지

they cared about each other. My father had a massive heart attack at age 70 and survived and my mother took care of him so they were able to have their bonus years together.

For the last 10 years of my mother's life my father returned the favor, and had been my mother's primary caregiver as she was declining with the effects of Alzheimer's disease. He became the man and husband she deserved. Her pain and suffering taught us all how to care for one another deeply and with greater appreciation and love. We can lean in and truly be present for each other.

The story my mother would want me to share is of resilience, generosity, love, and kindness. To always remember to eat from the buffet of life and that Life is beautiful.

(이글은 둘째 딸 Jenny Kwak 씨가 어머니 장례식에 썼던 추모 글입니다.)

거센 풍랑 헤쳐 온
작은 조각배

|인쇄| 2022년 7월 20일
|발행| 2022년 8월 01일

|지은이| 곽종세
|발행인| 채명희

|발행처| 가온미디어
　　　　전주시 완산구 충경로 32(2층)
　　　　전화_(063)274-6226
　　　　이메일_ok.0056@hanmail.net

값 14,000원

ISBN 979-11-91226-11-9